無《む》印《じるし》良《りよう》女《ひん》

群 ようこ

角川文庫
18601

目次

されど母娘《おやこ》の間柄

私は子供のころ、

「どうしてよそのおかあさんはみんな物静かで大人なんだろう」

と秘《ひそ》かに悩んでいた。私の母親ハルエは次はいったい何をしでかすのだろうかという恐怖をいつも私に与えている人であった。それは幼いころだけでなく今でもずーっと続いている。

現在、彼女は身長一五六センチ、体重五〇キロ、女学校時代はテニスと陸上の選手だったので、がっちりした筋肉質である。当時のクラス写真をみても、中でひときわ色黒なのでとても目立つ。戦争中も間一髪の修羅場をくぐりぬけ、今日《こんにち》まで元気にガハガハと生き抜いてきた女なのである。が、彼女にもたったひとつ弱点がある。それは〝ところてん〟。女学校時代に、はじめて縁日というものにいって興奮し、腹一杯ところてんを食べたのがウンのつき。翌日から腰がくだけるような下痢になってしまい、それからはところてんが入っている袋をみただけでも顔をひきつらせて去っていくようになった。だから私はよくところてんを隠しもって、突如彼女の目の前につき

出し、水戸黄門の印籠《いんろう》よろしく、

「これが目に入らねえか」

といってよくいじめた。ふだんはケッという態度の彼女も、それをみると、

「ギャッ。あんたってホントやな子だねえ」

といいながらどっかにいってしまうのであった。しかし考えてみるに、それが唯一の彼女の弱点であり、彼女の奇行蛮行の数々からすると、いったいそれが何になるという感じなのだ。

ある夏の日、私たちは窓を開け放って夕食をとっていた。私は失業中、弟は浪人中、母親は離婚したばかりという悲惨な母子家庭であった。私はこれからどうなるかというよりも、食卓に並んでいる大好物のナスの田楽や冷奴《ひややっこ》に目をうばわれ、それをバクバク食べていた。すると窓から侵入してきた一匹の小バエがうるさく食卓のまわりをとび回りはじめた。私は箸《はし》を持った手でシッシッと追っぱらったがその小バエはひらりと身をかわし、今度は方向転換して弟のほうへとんでいった。弟も手もとにあった新聞でバッサバサと風を送り風圧でとばした。しかしそいつは全くめげずに今度はハルエのまわりをとびはじめたのであった。

「まったくうるさいハエだねえ」

というやいなや、彼女は表情ひとつ変えずに〝バン!〟とすごい音をさせて手をた

たいた。いったい何が起こったのかと私と弟があっけにとられていると、彼女はそーっと手を開いて、私たちに示した。何と彼女の手のひらには圧死してぺったんこになった小バエの死骸《しがい》がへばりついていたのである。自分の手のひらをまじまじとみて、彼女は、

「あー、つぶれた」

とひとこといった。蚊がプーンととんできてそれをバチッと叩《たた》きつぶすというのは正常な行動といえるが、ハエまでその方式でやってしまうという彼女の神経に私は箸を持ったまままただあきれるばかりだった。

「は、はやく手を洗って！　キタない、キタない！」

と潔癖症の弟は母親のあまりに大胆な行動に、箸をにぎりしめてタタミの上で身をよじってわめいた。

「えっ、別に大丈夫よ」

本人は全然気にとめてもいないようすだったが、あまりに弟が必死になってわめくので、しぶしぶ洗面所にいって手を洗った。

「どうしてあんなことするんだよお」

と弟は真赤な顔をして彼女に怒った。ところが、

「だってうるさいんだもん。あんただって嫌がってたじゃないの。がたがた文句いう

んじゃないの」

とこれまたナスの田楽を食べながら全然とりあわない。それ以来、弟は一週間夜食のおにぎりを絶対口にしようとはしなかったのであった。半月ほどたって再び弟が暗い顔をして私の部屋に入ってきた。

「ねえちゃん、オレへんなもの見た」

「?」

「けさ五時に勉強おわって、そろそろ寝ようかなあって思って、トイレにいったんだ。そしたら台所でバタバタ音がするからのぞいてみたら、アレが(弟はハルエのことをこう呼ぶのである)寝巻姿ではいつくばって何かやってるんだよね。よくみたらゴキブリゴキブリっていいながら手でゴキブリを叩こうとしてるんだ。オレびっくりして急いでトイレにいってそのまま寝ちゃったんだけどさあ……。あれ夢だったのかなぁ」

私は弟にむかって、

「あんたは最近勉強しすぎているから、ボーッとして夢でもみたんじゃないの」

といっておいた。しかし内心、これはありうるな、と思った。そして、私たちは、これが実は真実であっても信じるのはやめようね、と互いに固く誓ったのであった。

しかし家の中で何かやらかすのはまだいい。時には近所の人のもの笑いになることさえあった。彼女は土いじり、特に家庭菜園づくりに異常な興味を示していた。貧しい母子家庭には自給自足の精神が大事と、休日でも暇さえあればスキやクワをふりおろしていた。しがない借家生活で畑を作るほどの庭があるわけでもなく、大家さんから裏の空地の一角をタダで借りて、そこにトマトや菜っぱを植えていたのである。その畑と家との間には高さ二メートルほどのブロック塀があるため、目と鼻の先にある畑へいくにも玄関を出てぐるっとまわらなければならない。彼女はつねづね、

「めんどうくさい」

とボヤいていた。

「そんなこといったってしょうがないじゃないよ」

そういっても時間のムダだとか何とかいってブツブツうるさいのである。私は彼女と話していることこそが本当の時間のムダだと思い、無視して部屋で本を読んでいた。すると急に外からけたたましい笑い声が聞こえてきた。あわてていってみると、そこにはスカートでブロック塀にまたがっている我が母親の姿があった。おまけに手にはでっかいスコップを持っている。笑い声の主は隣りの奥さんであった。洗濯物をとりこもうと思って庭に出たら、隣家の中年婦人がどでかいスコップを手に持ち、うつろな目をしてブロック塀にまたがっていたので、驚きのあまり指さして笑ってしまったという具合なのである。

「は、はやく降りなさい、何やってんのよ！」

と小声でいうと、彼女は、

「だめだー」

と気のぬけた声でいう。庭にちらばっていた木箱を積んで、それを足場にしてエィヤッと勢いつけてまたがったのはいいが、この状態があまりにバランスがいいため、降りようとすると、バランスがくずれ、頭から落ちそうな気がするというのである。私は情けなくなり、

「じゃ、そのままずっとそこにいれば」

と冷たくいった。すると家で飼っている猫のトラちゃんが騒ぎをききつけ、ブロック塀にまたがる飼い主を見上げながら、

「おわあおわあ」

とないてオロオロしているのである。

「そうかい、トラちゃんだけだよ、心配してくれるのは。ありがとね。ホント、娘っつうのは冷たいんだから」

と口がへらない。第一発見者の隣りの奥さんはまだククッと体を二ツ折りにして笑い続けている。私には関係ないわ、と思い部屋に戻って本の続きを読むことにした。するると突然あたりにとどろきわたる母の声。

「あー、雨だ、雨が降ってきたー。イスもってきてー」

仕方なく私はイス片手に彼女を救出しにいった。

その次はスーパーマーケットで起こった。稼ぎのない私は何かといえば荷物持ちにかり出され、それがイヤといえない悲しい立場だった。憎たらしいことに、そういう時に限ってビンづめとか缶づめとか重いものばっかり買いあさって、それを全部私に持たせるのである。さっさと前を歩く彼女のあとを、私はヨタヨタとスーパーのカゴを両手に提げて歩く。私が過酷な労働拒否を訴える目つきをすると、

「収入なきもの、労働にてそれを補え！」

とキリッといい放つのである。私が持つ二つのカゴはもう満杯という状態であるのに、彼女はまだ冷凍食品売場のフリーザーの中をひっかきまわしていた。すると突然、

「すみませーん。ミックス・ジベタブルありませんか」

ととてつもない大声でどなった。私は何かおかしいなと思った。売り場のおばさんも一瞬、

「？」

という顔をした。それをみて彼女は、

「ほら、ニンジンやとうもろこしやグリーンピースの小さいのが袋に入ってるのがあるでしょう、ないの？　あれ」

というのである。売り場のおばさんはプッと吹き出していった。

「ああ、奥さん、ミックス・ベジタブルのことね」

そういわれた母親はムッとして、

「ちがうわよ、あれジベタブルっていうのよねぇ」

と振りかえって私に同意を求めるのであった。私はあわてて、

「ベジタブル、ベジタブル」

と小声でいった。それをきいた母親は憮然《ぶぜん》とした顔で、

「どうして！　地べたに生えるからジベタブルっていうんでしょうが」

と一歩も譲らないのである。まわりの人々に笑われつつ、私はミックス・ベジタブルをカゴの中にいれ、うつむいてレジに向かったのであった。

彼女の根本的な欠陥は自分の行動・思考は絶対に正しいと信じきっているということに尽きる。

その後、私の就職も決まり、まあなんとか勤めはじめたころからハルエの奇行も数少なくなってきた。

「うーむ、さすがのあの人も寄る年波には勝てないのだな」

と私はホッとしていた。が、私がペンネームで原稿を書くようになってから、またそれが復活した。当時すでに家を出ていた私は彼女に電話をかけ、今度から原稿を書

くことになったと伝えた。彼女は電話口でキャッキャと喜び、

「ね、ね、何ていうペンネーム？」

ときくので、

「群《むれ》ようこっていうんだよ。群れるっていう字にひらがなでようこって書くの」

と説明した。すると彼女は、

「ふーん。まるでポルノ女優みたいな名前だね」

などというのである。私は、せっかくつけてもらったペンネームをバカにされたような気がして、カッとして一方的に電話を切ってしまった。いつもどちらかが電話をかけて、最後はケンカでしめくくるというのが私たちのパターンである。しかしこのときは彼女もうれしかったらしく、親類縁者に電話をかけ、ペンネームのお披露目をしようとした。ところが彼女の頭の中には今きいたばかりのペンネームは全然記憶されていなかったのである。私がすごい剣幕で怒って電話を切ってしまったので、今さら電話しても教えてくれるはずはないだろうと考えた彼女は、必死になって思い出そうとした。はっきりいえるのは栗本薫《かおる》ではないということだけだった。しばらく考えてポッと頭に浮かんだのは、名前がひらがなだったということだけ。

「うーむ、ひらがな、ひらがな」

と考えあぐね、彼女が、

「あっ、そうだ、これだった」

思い出した名前は何と〝中平まみ〟だったのである。御本人には大変申し訳ない限りである。やっとペンネームを思い出した彼女はジーコジーコとダイヤルをまわし、

「うちの子がねーえ、今度から中平まみっていう名前で原稿書くのよ、読んでー」

と何も疑うことなく、自分は中平まみの母親として堂々と親類縁者に宣言したのであった。善良なおじ、おばは、それは大変なことだとおったまげて、あわてて本屋にいってくれた。何と『ストレイ・シープ』という本まで出版している。やっぱりつきあいでこの本も読んでおかねばならないだろうと、彼らはこれを買い求めたのである。

案の定半月ほどたって親類一同から、あれは違うのではないかという疑いの電話がかかってきた。『ストレイ・シープ』を読んだが、どうも本の内容と私本人とが一致しないというのがその理由であった。しかし母は、

「あら、物書きっていうのはいくらでも自分の世界をつくれるのよ」

などとエラそうなことをいってとりあわなかった。しかしそこへ決定的な証拠を呈示してきた者がいた。イトコである。

「このあいだ雑誌で中平まみの顔をみたが、以前東京から送ってきた写真に写っていた人とは全然顔が違っている。整形したとしてもあんなに変われるはずがない」

と彼はその写真を母の手元に送り返してきたのであった。そこには埼玉県の秩父《ちちぶ》神

社の前で仁王立ちになってニカニカ笑っている私の姿があった。

親類一同に非難された彼女は、

「あーら、ごめんなさいね。あたし名前って覚えるのがニガ手なのよ」

と少しも動じないのであった。

そして一昨年《おととし》の七月、私がはじめて『午前零時の玄米パン』というタイトルの本を出版させてもらうことになったときも、彼女はたのまれもしないのに自ら広報担当におさまった。私は彼女にはできれば何もしないでいただきたかったのであるが、思いついたら即行動という体質ゆえ何人《なんびと》にも阻止できないのである。迷惑をかえりみず、再び善良なる親類縁者に電話をかけまくり、

「七月十五日に『午前零時の玄米パン』という本が出ます。おたくから一番近いところで置いてある本屋は○○書店ですから買って下さい。値段は千円です。よろしく」

とそれだけいう。そして二週間後、また電話をかけ、

「ねえ、本買った？　手に入らなかったら直接販売っていうのもやってるんだけど」

と営業のフォローをしているのである。親類というのは本当にありがたい。電話をかけた家すべてが本を買ってくれていたのである。が、これで満足しないのが彼女の欲の深いところである。今度は近所の書店まわりをはじめた。まず手はじめに荻窪《おぎくぼ》の書店を一軒ずつ、

「『午前零時の玄米パン』はありますか？」

ときいてまわる。置いていない書店には、

「そうですかあ、おたくにはないんですか。ふーん」

といって帰り、置いてある書店だと、

「どーも」

と何も買わずに店を出るのである。本が出て一か月は、ほとんど毎日彼女のマーケティング・リサーチの結果報告の電話が入った。本もほどほどに売れてくれて、めずらしく母娘《おやこ》ともどもよかったよかったと手をとりあって喜んだのだが、まだそれだけではすまないところが母のこわいところである。

ある日、私が会社から帰り、夕食もとり、お風呂《ふろ》にも入ってのんびりしているとアパートのドアをガンガン叩《たた》く者がいる。セールスマンかと思って無視していると、

「あたしよー、あたしー」

これはまさしく母の声である。仕方なくそーっとドアを開けると、ドデドデと部屋の中に入り、ぐるっと見回して、

「ふん、いつ見ても本ばっかし」

と悪態をつくのである。

「何しに来たのよ」

「あんたに見せたいものがあってさ、ほらちょっとみてごらんよ」

という。タタミの上に広げられたのは〝駅から十二分、緑に囲まれた閑静な住宅地でリッチな生活〟などとかいてあるチラシである。表裏ひっくりかえしてみると、分譲マンションのカタログなのであった。

「どうしたの、これ」

「もらってきたの」

「ふーん、マンション買うの？」

「あら、あたしじゃないよ」

「じゃ、誰の？」

「あんたのに決まってるじゃないの」

「えー、バカなこといわないでよ。私に買えるわけないじゃないの」

「またぁ、そんなことといって。もうガッポガッポ。ガハハハ」

といって人の気も知らないで豪快に笑うのである。私の無言のひきつり顔をみて彼女はいった。

「あんた、本出してマンションも買えないの？」

私はあきれかえってしまった。ま、無知のなせる業ではあるがこれはあまりに大胆ではないか。彼女は、物書きというのはもうかる仕事であると信じこんでいる。先日も赤川次郎さんが住んでいるものすごいマンションをテレビでみたという。そして今日書店に入ったら、赤川次郎さんの本が置いてあるのと同じ新刊本のコーナーに私の本があるのをみつけ、それを見たらば思わず興奮してすぐさま知りあいの不動産屋で、手あたりしだいにカタログをもらってきたのだ、というのである。

私は深くタメ息をつき、本の印税というのはどういうシステムであるか、赤川次郎さんが今までどれだけの本を出してそれがどれだけ売れているか、ということを説明した。すると最初ははりきっていた彼女もだんだん話をきくうちに元気がなくなり、しまいには首うなだれて黙ってそのカタログをバッグの中にしまいこんだのであった。

私はふといやな予感がして、

「まさか、不動産屋には何も言ってないだろうね」

ときくと彼女は上目づかいに私の顔をみて、

「それがねえ、この不況でしょ。不動産屋も必死になっていろいろきいてくるもんだからつい説明しにきて下さいっていっちゃったの」

「なに！　説明しにきてもらったってお金なんか全然ないからね!!」

「そうか……でもドア開けなきゃ平気よ」

「………」

二人の間に気まずい沈黙が流れると、彼女は再びバッグの中からカタログをとり出

し、

「いいねえ、この緑の中のマンション。ほら三鷹《みたか》から徒歩十二分、ちょうど運動にいい距離じゃないの。値段も千九百八十万円、1LDK、いいねえ、一人暮らしにぴったし」

ときこえよがしにいう。

「じゃあ、買ってよ」

「……あ、そろそろ帰らなきゃ」

本当にどうしようもない。

私はこれからもずっとこういった類《たぐ》いの女の闘いをくり広げなければならないだろう。

最近彼女は私にむかって、

「あんた、ホントにだんだん私に似てくるね」

とうれしそうにいう。正直いって今それが私を一番悩ませていることなのである。

マリコちゃんのしあわせ

親友というのは不思議なもので、何年会わなくてもどんなに二人のいる環境が違おうとも気持ちが通じる。私と親友マリコのつきあいは、かれこれ二十年になる。

彼女は小学校四年の二学期に九州から転校してきた。背が高く、色白、目ぱっちりでおさげ髪、おまけに優しく、ものすごく頭のいい子だった。テストをしても八十五点以下はとったことがなく、かけっこをすればいつも一等だった。先生は彼女を練馬《ねりま》のその小学校開校以来の優等生とホメたたえた。ところが運悪く、私は彼女の出席番号のすぐうしろだった。テストを返されるたんびに担任から、

「ほら、マリコをみならえ」

と怒られ、チビだった私は身体測定のときも、保健の先生から、

「ホントにマリコさんとあなたはデコボココンビね」

といわれていた。しかし、どういうわけか私たちは仲良くなった。お互いにない部分を求めあっていたのであろうか。母親同士が話しているのをきいてもウチの親は、

「いいですねぇ、マリコちゃんは。成績もいいし、かわいらしいし、優しくて。うら

やましいわ」

そういうと、マリコちゃんの母上は、

「いいえ、ようこちゃんこそ、いつも元気でいいですね」

と答えるのであった。元気だけがとりえの私であった。私は、

「私とマリコちゃんが幼いころ離ればなれになったふたごだったら、どんなにいいだろうか」

と思っていた。だから二人で遊ぶときには必ず双子ごっこをした。私が一方的に、

「私たちふたごだよー、ふたごだよー」

といいながらマリコちゃんの手を握りしめるという奇怪なもので、私はわたなべまさこ先生描くところの美しい双子姉妹の悲しい離別の物語に没頭しているのだった。そういうときもマリコちゃんはいやな顔もせずただニコニコしていた。

彼女の父上は、みるからに温厚そうな普通の会社員だった。母上も大声をあげたことがないような物静かな人だったが、私の両親にくらべて二人ともとても年をとっていた。

「私、授業参観にきてもらってもあまりうれしくないの。うちのおかあさん、とても年とってるようにみえるでしょ。私はおかあさんが三十六歳のときの子なんだって」

「ふーん、私はね、二十三歳のときだよ」

「へえ、十三歳ちがうもんね。いいなあ、おかあさんが若くて」

とマリコちゃんはじめて私のことをうらやましがった。そういえば彼女の家にいくとおやつは必ず母上の手づくりのものが出た。それが春ならばヨモギだんご、夏は水ようかん、秋は大学イモ、冬はお汁粉とだいたいきまっていた。ケーキやクッキーが出てきたことは一度もなかったような気がする。そういったおやつが出てくるたびに彼女は、

「うちのおかあさん年とってるから」

といいわけめいたことをいった。

「そんなことないよ」

大学イモをほおばりながらそういっても私は内心、やっぱり両親は若いほうがいいなと思っていた。

ある日、学校へいくとマリコちゃんがニコニコしながらかけ寄ってきて、

「きのうね、おとうさんが柴犬《しばいぬ》買ってきてくれたの。すごくかわいいよ。きょう学校が終わったら遊びにおいでよ」

といった。私の家は庭が狭くて犬なんか飼えなかったので、うらやましさいっぱいで授業なんかうわの空だった。

「はやく終わらないかなあ」

とそればかり考えていた。終業のチャイムが鳴り終わると同時に、私とマリコちゃんはドッと下駄箱《げたばこ》の前に走っていき、一目散に駆け出した。

「犬、なんていう名前？」

「ボビーっていうの」

「へーえ、カッコいいね」

「うん、でもまだ小犬だからおしっこばかりしてるんだよ」

私たちは、ハアハアしながらゲラゲラ笑った。必死になって五分くらい走った。

「ただいまー」

「こんにちはー」

玄関をあけると、そこには茶色い毛をして目がまんまる、鼻が真黒いかわいい小犬が、男物の革靴にむしゃぶりついていた。

「あれー」

その靴をみてマリコちゃんは奥にむかって叫んだ。

「おかあさーん、おとうさんいるの」

しばらくすると母上がかっぽう着をきて出てきた。

「そうなの、体の具合が悪いらしくて」

「ふーん」

「奥で寝てるから、悪いけどきょうは外で遊んでね」

と母上は私に向かってそういうとまた奥の部屋に戻り、フスマをパタンとしめてしまった。私たちはボビーをつれて近くの野原へいってキャッキャと騒ぎまくった。ボビーを草むらの中において、二人がわっと駆け出すと、ボビーはおいてけぼりになると思って目をつり上げた必死の形相で追いかけてくるのだった。私たちはそれが面白くて、

「ゴメンね、もうしないね」

といいながら何度も何度もそれをくりかえした。はしゃぎまわっているうち、私たちはマリコちゃんの父上が体の具合が悪くて会社を休んでいることをコロッと忘れてしまっていた。ボビーを抱きかかえ、ケラケラ笑いながらマリコちゃんの家に戻り、部屋のフスマを開けた。そのとたん私たちはおどろいて口をあんぐり開けたままそこに立ちつくしてしまった。そこでは今まさに浣腸《かんちょう》をしようとしているマリコちゃんの母上の姿と、下半身を丸出しにしてお尻《しり》をつき出している父上の姿があった。

「…………」

しばらく四人はじっとみつめあっていた。誰も何もいわなかった。すると突然、

「やあ、いらっしゃい」

お尻をつき出した姿勢のまま父上は明るく私にいった。私はこんにちはと挨拶《あいさつ》しよ

うと思ったが、ことばが出てこなかった。ただペコッと頭を下げた。母上はきまりが悪そうな顔をして浣腸器を手に持ったまま、

「ホホホ」

と笑い、私とマリコちゃんは黙ってその場を去った。マリコちゃんの部屋に入っても私たちはずっと黙っていた。さっき目のあたりにした光景については何もいうまいという暗黙の了解が二人の間に成り立っていた。二十年たった今でもこのことに関して私と彼女の間で話をしたことはない。

中学生になると、マリコちゃんはますますきれいになり、私はますます太っていった。彼女は生徒会の副会長として活躍し、私は数学で三点しか取れなかったので残されて補習をうけた。でも私たちは仲がよかった。ただ一つ面白くなかったのは、私が好きになる男の子たちはみんな彼女のことが好きなことだった。逆立ちしても何をやっても私は彼女に勝てるわけがないのに、悔しかった。私の母親は事あるごとに、

「マリコちゃんのところへは男の子から手紙がきたり電話がかかってきたりするんだってねぇ。このあいだのテストも学年で三番だったんでしょ。あーあ、友だちなのにどうして似たところがないんだろうね」

と私にいった。そういわれてもしょうがないと私は思っていたのでいつも、

「そうだねえ」

と答えては、あんたもしっかりしろと怒られた。正直いって彼女はガリ勉ではなかった。みんなと同じように遊び、塾にもいかないのに勉強ができた。当然のごとく彼女は都立の一流校へ進学し、私はかろうじて三流校にひっかかった。高校時代は別々の学校だったため、会うのは年に一回の文化祭のときだけだった。彼女が校内を案内してくれたときも、男の子たちは彼女の姿をみるとそばに寄ってきて何事かいっているのである。そのたびに私はそばでボーッと立っていた。

「何だって？」

「ああ、後夜祭が終わったら時間をつくってくれないかっていうのよ」

「へえ、デートのお誘い」

「そうみたいね」

「行くんでしょ」

「行かないわよ」

「どうしてー？　あの子けっこうカッコよかったじゃない」

「そうかしら」

「そうよ、もったいなーい」

私はヨダレをたらさんばかりにして彼女をデートに誘った男の子をふり返ってみた。なかなかのものだった。そうか、美人はあれほどカッコイイ男もふることができるのかと感心した。高校でも彼女は生徒会の役員をして成績もトップクラス、難なく一流私立大学へと進学した。かくいう私はますます太った体をもてあまし、夏期講習にもいかずただ家でパジャマをきてゴロゴロしているだけだった。大学と名のつくところに入れたことはまるで奇跡だと母親はいった。

大学へ進んでマリコちゃんはだんだん男づきあいが派手になり、それにつれて化粧も濃くなっていった。大学二年のとき久しぶりに会ってあまりの変貌《へんぼう》ぶりにおどろいた。清純そうなひと昔前の片平なぎさのようだった姿が、八代亜紀のようななまめかしい感じになっていたからだ。

「このあいだ電車に乗ってたら、隣りに座ってた男の子が私の顔をじっと見て、『おばちゃん、おばちゃんのお口、どうしてそんなに真赤なの？』っていうのよね。もうこのトシでおばちゃんなんていわれるとは思わなかったわ」

彼女はバージニア・スリムに火をつけてそういった。私は家ダニにかまれたところをジーパンの上からボリボリかきながら、

「ふーん」

と答えることしかできなかった。私は家に帰って母親に、

「彼女、まるで人が変わったみたいだった」

といった。

「そう。あんなにきれいな子だったのにねえ。変な男につかまっちゃったんじゃないのかね」

それは事実だった。大学を卒業する直前、彼女から電話があり、ぜひ会わせたい人がいるから時間をつくってくれないかという。「男かな」と思いつつ待ちあわせの場所へいくと、案の定彼女は男連れで立っていた。目つきがちょっとよくないなというのが男の第一印象だった。「食事でも」ということになりレストランに入った。彼は自分の実家がどんなに資産家であるかということを自慢気に話していた。大学を卒業して実家に帰ればすぐ不動産会社の副社長になれること、そうすればマリコにも苦労はさせない、などと私にいった。

私はただ「はいはい」とおとなしくそれをきいていた。食事が運ばれてくると彼は椅子の上で立て膝《ひざ》をしてステーキを食べはじめた。その姿にもおどろいたが、それを見て何もいわない彼女にもおどろいた。私は急に頭にきて、きょうは用事があるからとゴマかして早く家に帰ろう、と思った。終始彼はそういった格好だった。食事が終わり、ウェイターがコーヒーを運んできてテーブルの上に置いた。すると彼がものすごい剣幕でウェイターをどなりつけた。

「おまえ！　これとりかえろ!!」

運んでくる途中少しコーヒーがこぼれ、ソーサーの上に少し垂れてしまっていたのだ。

「こういうのを客に出すなんてプロじゃないぞ!!」

彼はしつこく気の弱そうなウェイターに説教し続けた。彼のそういう態度をみても彼女は黙っていた。私は本当に頭にきて、コーヒーを飲み終わるとすぐ席を立って帰ってきた。腹が立って腹が立って仕方がなかった。そして情けなかった。その夜、彼女から電話がかかってきた。

「彼どうだった」

「…………」

「だめ？」

「…………」

しばらく私たちは黙っていた。

「どこがいいのよ」

私はきいた。彼女は少し考えてから、

「私がいなきゃダメなところ」

といった。

「もし彼にお金が全然なくても、彼と結婚する？」

「……。もしそうだったら結婚しないかもしれないわね」

「そこまでわかってるんじゃしょうがないね」

とだけ私はいって電話を切った。

その年の夏二人は結婚した。私は結婚式の当日になっても、何かのアクシデントがあって二人が別れるようにと願っていた。しかしとどこおりなく式は行なわれ、晴れて二人は夫婦となってしまった。十何年ぶりかで会った彼女の御両親は本当に小さくなっていた。父上はよろよろと、杖《つえ》なしでは歩けないようになっていた。私は列席していても不愉快で仕方なかったが、御両親はとってもうれしそうだった。その姿をみていたら、ますます腹が立ってきた。出された料理をバクバクたべて引出物をもらうとすぐ家に帰った。

それから私は職を転々とした。失業したりアルバイトしたり、金のないめちゃくちゃな生活をしていた。マリコちゃんは彼の実家のすぐそばに、掃除するのに二時間はゆうにかかるという豪邸を建ててもらい、買物用の車まで買ってもらって主婦業に専念していた。やがて男の子も生まれ、親戚《しんせき》中から、

「跡とりができて、よかった、よかった」

とほめられ、はたから見ると幸福を絵にかいたような生活のように思えたが、長男が生まれてすぐ彼女の父上が亡くなられた。ところが、彼がお葬式に彼女を行かせないのである。理由は〝長男の嫁〟だから家にいてもらわなければ困る、であった。彼

なかった。

の母親も同じ理由で彼女を拉致《らち》したままで、とうとう彼女は父親を見送ることができなかった。

「あんた、そんな家出て東京に戻っておいでよ」

そういっても彼女は息子のことを考えるとふんぎりがつかないといっていた。私は、そらみたことかと思ったが、味方が誰一人としていない環境にいる彼女のことを考えると悔しくてたまらなかった。そういうとき思い出すのは、昔一緒に遊んだ頃のことばかりだった。

しばらくして彼女は息子をつれて別居した。一時精神病院に通うほどノイローゼになってしまったので、その治療もかねてということにしたらしい。電話での声も元気が出て、なかなか良い具合になってきたようだった。ところが、何と彼女のバカ夫は、彼女がいない間に子持ちの女性をずっと家に住まわせていたのであった。彼女が持って出るのを忘れた服をとりに帰ると、居間に寝っころがっている女がいた。おまけに子供のわめき声もする。変だな、と思ってたずねると、その女は、

「私は彼と結婚することになっているからこの家のものを持っていっては困る」

などというので、彼女がびっくり仰天して義理の母親にたずねると、彼女までが、

「子供をつれて家をあけるような女には長男の嫁としての資格などない」

と大奥の悪玉局《つぼね》のような暴言を吐くのであった。

それからのマリコちゃんは私が今まで知っているうちで一番たくましかった。養育費の支払いに全く応じない彼に業をにやして家庭裁判所に相談して裁判にもちこみ、息子が成人になるまで月々三万円を支払わせるようにしたのである。自分の実家がどれだけ金持ちか自慢したくせに、自分の息子に月々三万円支払うのでさえ渋っているその根性に私はあきれはてた。息子はまだ二歳だった。彼女の母上は父上亡きあと住んでいた家を売り払い、自分の実家にずっとひきこもっていたので、彼女が自分一人で何もかもやらなければならなかった。私は何度も何度も、東京に戻ってくれば仕事はいくらでもあるからといったが、保育園や家賃のことを考えると地方にいたほうが金銭的に楽だというのである。

再び私は昔のことを思い出した。御両親にかわいがられて育ち、おっとりして本当にいいお嬢さんといわれ、何不自由なく育った彼女が今は子供一人をかかえ、職を探しているのである。東京と違って、離婚して子供をかかえている女に対して近所の目もうるさいらしい。そういう人には部屋を貸さないアパートの大家もたくさんいて、今の場所におちつくまでは何軒も不動産屋をまわったという。

「しばらくのんびりしてみたら」

思えば私も無責任なことをいったものだ。

「そうね、どこか旅行にでも行きたいんだけどね、子供がいるとそういうわけにもいかないし、お金もかかるし。家にいても気はまぎれないから。今、職安にたのんでるところなんだけど、私みたいに悪条件の重なってる人も珍しいっていわれちゃったわ」

と彼女はケラケラと笑った。その悪条件というのは、女、子持ち、離婚歴、年齢、大卒なのだそうで、彼女のように一流大学を卒業していると、逆にそれが雇用主をビビらせるもとになっているという話なのだ。

「ふーん。東京だと離婚して子供つれてバリバリ働いてる人たくさんいるけどね」

「そうでしょ。こっちだと全然ダメよ。まるで悪者みたいな扱いなのよ」

「ね、やっぱり子供がいたほうがよかった？」

「そうね、たいへんだけど子供がいたからガンバれるっていうこともあるからね」

まさに母は強しなのであった。

「あなたはいいわね。自分の好きなことやれて、本当うらやましいわ。私、自分のこと考えてバカなことしたなって思うもん」

もし彼女があのバカ夫ほどの資産家の息子じゃなくても、普通の神経をもった男と結婚していたらこんなことにはなってなかったかもしれないけれど、これは彼女にも責任はあるから仕方がないことだ。私なんか自分一人喰《く》わしていけばいいので気軽だが、子供をかかえてどんなに大変かと思う。でも私にはどうすることもできない。ただ体に気をつけてがんばってねということしかできないのである。

「ねえ、私やっと就職先決まったのよ。それとアパートも。近所の小さなネジ工場なんだけど、そこのネジの仕分けなのね。うちの事情も全部わかってくれたから決めちゃった。アパートは2DKでフロなしで二万円なの。東京よりずっと安いでしょ」

先日電話がかかってきてとても明るい声で彼女はいった。私はまたいつものようにバカの一つ覚えで、

「体に気をつけてがんばってね」

というだけである。

「ねえ、マリコちゃんどうしてるの、最近。子供も大きくなったんでしょ。元気でやってるのかしらねぇ」

母親にきかれても、私は彼女が小さな町のネジ工場の仕分けの仕事をしているとはまだいえないでいる。

豪快一路で花開け

高校の入学式のとき、私のすぐ前に座っていた女の子、それがアヤコだった。色白でオデコが広く、目はパッチリとしていて、ひとまわり顔はでかいが顔立ちは桜田淳子といったタイプのとてもかわいらしい子である。しかし十六歳の女の子としてはとても異質だった。高校には制服がなかったが、私は彼女のいでたちにびっくりした。その当時でも躾《しつけ》の厳しい私立高校生ぐらいしかしていないひっつめおさげにしていて、セーラー服の下に丸衿《まるえり》のブラウスを着用し、パタパタ音をさせて〝職員室〟と黒マジックで書いてあるスリッパをはいているのだった。

面白くも何ともない校長の話が延々と続いてみんないいかげんあきあきしはじめたころ、彼女はあっちこっちキョロキョロしながら目が合った子には、男女かまわず歯をむいてニカッと笑いかけたりしはじめた。そして急にクルッとうしろをふりむいて、私に向かって同じようにニカッと笑った。私はびっくりしてただ口を半開きにすることしかできなかった。そういう彼女の姿をみて、私の隣りに座っていたユウコちゃんという子が私のひじをつっつきながらいった。

「あ、やだ、あの子と同じクラスだったんだ」

「えっ、知ってるの？」

「知ってるなんてもんじゃないわよ。入学試験のとき、私、あの子と一緒の教室でものすごく迷惑したんだから」

本当に彼女は嫌そうな顔をした。

「何したの？」

「それがさ、考えられないのよね。試験のとき必死でガーッと答案書いてたら、カチカチっていう音がきこえるの。何かなあって思ったんだけど、まさかふり返ってみるわけにいかないじゃない。まだ解けない問題もあったし、あと十分しか残ってなかったからもうヤケクソで書いてたわけ。そうしたらものすごく大きな音をたててジリーンってベルが鳴ったのよ。もうびっくりしたのなんのって、右手に鉛筆持ったまま椅子からころげ落ちそうになったわよ。監督の先生があわてて走っていって注意してたけど、あのベルのせいで試験に落ちた子だっているわよ、きっと。あとからみたら赤ん坊の頭くらいある昔の古い型の大きい目ざまし時計を机の上に置いて、彼女平気な顔してボンナイフでガリガリ鉛筆削ってるのよ。みんなが、何となくいやだなあって思いながらじっと彼女のこと見てたの。そうしたら気配を感じたんじゃない、急にパッと顔を上げて敬礼して、『いやー、みなさん、さきほどは失礼しましたあー』ってニコニコ笑いながらいうの。もう私、頭にきちゃった。あんな子みたの初めてよ」

私にはそんなに嫌な子のようには思えなかったが、入学試験の目ざまし時計事件の反応は大きく、あれで度胆をぬかれた人たちは彼女に対していい印象はもってなかったようだった。しかしそういうことが耳に入っても彼女は全く動ぜず、オデコをテカテカ光らせて毎朝自転車で元気に登校してきた。それも私たちが子供のころ、ダブダブのズボンをはいたおじさんたちが荷台にたくさんの荷物をのせてこいでいた、ガッシリした濃い緑色の実用車だった。おまけにジリジリとベルを鳴らしながら、

「マルキン自転車ホイのホイのホイ」

というなつかしいコマーシャルソングを口ずさみつつ、ギーガーとペダルをきしませてやってくるので、うるさいことこの上ないのであった。

アヤコは三日おきに全く違う制服を着てきた。その日に着ていたのはいわゆる標準服というスタイルのジャンパースカートとブレザーだった。ふつうジャンパースカートは左肩と左脇がスナップどめになっていて脱ぎ着するようになっているはずなのに、どういうわけか背中にファスナーがついている。そのファスナーがブレザーの着丈よりも長いため、うしろからみると五センチほどみえているのだった。

「ねえ、どうして背中にファスナーがついてんの、これ」

私はうしろからファスナーの部分を指でグリグリしながらたずねた。

「あ、これ。いちいちスナップをとめたりはずしたりするのがめんどうくさいから、左肩と脇を縫ってファスナーつけたの」

と平然としている。目を近づけてよくみると、そこには手縫いらしいよろけた黒い糸の針目がみえた。

「あんた、手で縫ったの？」

「そう、ミシン出すのめんどうくさかったから。簡単だったわよ。背中のとこ半分にザーッと切ってファスナーはめこむだけだもん」

アヤコは自信たっぷりにおさげ髪をふりまわしながらいった。しかしあっちこっちひきつれていて背中にギャザーがよっているのだ。

「でもこのファスナー、ブレザーと長さがあわないみたいね」

「そう、これしか家になかったから」

相変わらずおさげ髪をブンまわしながら答えた。私はこれほど身なりをかまわない女の子をみたのははじめてだった。そしてさらに翌日、彼女はまた別の制服を着てきた。今度は赤いラインが入ったセーラー服で、胸のところにぬいつけてあったらしい校章のワッペンがひきちぎられている。私は彼女は中学時代、あちこち学校を転校したのかと思っていた。私が知っているだけですでに三着、違う制服をもっている。おまけにどれも背中やスカートの部分がすれてテカテカ光っていたからだった。

ある日彼女にそのわけをきいてみると、

「私、学校に着ていく服をもってないから友だちから中学校のとき着てた制服をもらったの」

という。

「それじゃ、学校から帰って家では何着てるの」

「体操着！」

彼女はきっぱりといった。私たちは、宝のもちぐされというのは彼女のことをいうのではないかと思った。もう少し洒落《しゃれ》っ気《け》を出したらどんどんきれいになっていくのに、と友だち同士でいいあった。中には、

「もうちょっと明るい色を着たら」

と面と向かっていう子もいたが、彼女は全然気にもとめず、ひとこと、

「女は中身！」

といって、パタパタスリッパの音をたてて去っていくのである。

入学して一か月もたたないうちにアヤコのことは全校に知れわたった。まず体育の授業のときに、ただ一人、ちょうちんブルマよりもまだガバガバしているカボチャのようなひだブルマをはいていたからだった。テカテカしたオデコにキリリと白ハチマキをしめ、おさげ髪をなびかせながらトラックを走る彼女をみると、私の頭の中には

〝教練〟とか〝なぎなた〟とかいう言葉が浮かんできた。

体育の教師も、

「あの人を見ていると、時代が戦前で止まっているような気がします」

といった。そしてそのあと、〝恐怖尻《しり》まくり事件〟というのが起こった。

昼休み、私がいつものように学食へいこうと渡り廊下を歩いていると、私の横をキャッキャと騒ぎながら男女が追いかけっこをしながら走りぬけていった。二人の顔はみえなかったが、逃げる男のガニ股《また》と追う女の躍るおさげ髪で、それは同じクラスのオサム君とアヤコだとわかった。スリッパをパタパタさせながら校庭を走りまわっていた彼女は、おのれのスリッパを自分で踏んづけ、みごとにズデッとつんのめって地べたに倒れ伏した。私は思わずギャハッと笑ったが、そのまま顔が固まってしまった。ころんだ拍子に彼女のスカートがまくれ上がり、十六歳の乙女の臀部《でんぶ》が丸出しになってしまったからである。ふつうそうなったらバネじかけの人形のように起き上がり、何事もなかったようにふるまうものだが、彼女は起き上がりもせずそこにつっぷしたままヒクヒクしている。臀部は公衆の面前に露呈されたままである。

「ともかくあのスカートを元どおりにしなければ……」

私は彼女のところに走り寄り、つっぷした背中のところまでまくれ上がっているスカートを直そうとした。ところがまだヒクヒクしている。どこかぶつけて痛くて泣い

ているのかと思い、

「大丈夫？」

といって顔をのぞきこむと、何と彼女はつっぷしたまま、

「ハハハハ……」

と笑っている。

「ハハハ……私ってバカみたい、ハハハ……」

そう一人で笑いながらお尻を丸出しにしているのだ。私はうちどころが悪かったんじゃないかと心配になった。

「アヤコ、アヤコ、スカートまくれてるよ」

と小声で教えると、彼女はうつぶせになったまま右手だけ器用に動かして手さぐりでスカートの裾《すそ》をさぐり、パッとお尻を隠した。今まで校庭で楽しくバレーボールやサッカーをしていた生徒たちは、それをみて呆然《ぼうぜん》としていた。ついさっきまでふざけて彼女と追っかけっこをしていたオサム君は、ふとうしろをふり返るとおさげ髪をふりまわしてゲハゲハ笑いながら追ってきた女の子が忽然《こつぜん》と消え、そのかわりに校庭が異様な雰囲気に包まれているのに気がつき、私たちのいるほうに戻ってきた。元気に走りまわっていた彼女は地面につっぷしてケイレンしている。オサム君はおったまげて、

「どうしたんだよ、オイ、転んだのか。平気かよォ」

とおそるおそる声をかけた。すると今まで地べたにつっぷしてしばし休んでいた彼女が突如起き上がり、

「このやろー、もう許さねえぞー!!」

といってゲハゲハ笑いながら、手をブルンブルンふり回して再びオサム君をおっかけはじめた。彼は一体何が起こったかわからないまま、とりあえず、

「ひえーっ」

といいながら、逃げていった。

「まてー」

という絶叫がだんだん遠のいていった。私たちはボーッとして、砂ぼこりをけたてていく二人の背中をじっとみつめているだけだった。

冬場になっても彼女は制服姿をかたくなに守り、自分で編んだという軍手のような手袋をして登校してきた。ある日体育の時間に更衣室で着がえていると、隅っこにいた一団からドッと笑い声が起こった。何事かと思ってそばによってみると、一人の女の子がゲラゲラ笑いながら、

「アヤコの靴下の先が割れている」

という。意味がわからずあっけにとられている私の目の前に、アヤコがヌーッと足

を出した。それはアズキ色の靴下で、ブタのヒヅメのように先が二股《ふたまた》に分かれているのだった。

「何、これ？」

私がきくと、アヤコはニヤッと笑って、

「タビックスだ！」

という。話によると、近所の洋品店に昨日十二色揃いの新製品として入荷し、ためしに買ってはいてみたらとてもあたたかく具合がいいので、色違いで六足買ってきたのだという。タビとソックスの機能を兼ねそなえているのでこの名前がついたのだと、得意気にいうのだった。

「これ、おばあさん向きじゃないの？」

「そんなことないよ。靴はいたらわかんないもん」

「だってさ、いつ靴脱いでよその家に上がることになるかわかんないよ。上がったとたん靴下の先が二股に分かれていたら、見た人びっくりするよ」

私たちは口々にいった。アヤコは、

「フン、いいもんね。私このほうが暖かいから愛用するもん」

とそのタビックスをはいたままオニツカの運動靴をはいて元気に校庭にとび出していった。

彼女は私たちには計りしれない行動パターンをもっていたが、実のところとても頭がよかった。学校の成績も全然ガリ勉ではないのに十番を下ったことはなかった。高校三年となって受験をひかえ、予備校の夏期講習に通っている子がいるというのに、彼女は早朝から近所の公園で、ひだブルマ姿で太極拳《たいきょくけん》をやっていたのである。悠々とそういうことをしていたにもかかわらず、彼女は一発で国立大学の初等教育科に入学した。

私たちの話題は彼女の頭のよさというのも多少はあったが、主に論じたのは大学へは一体何を着ていくかということであった。いくら彼女でも十八歳になったのだから、少しは色気も出てくるだろうとみんなでいっていたのであるが、そのとおりさすが大学に入ったら彼女は制服はやめ、Tシャツにジーンズという姿に変わった。しかしおさげ髪はそのままだった。

「私、よく留学生に間違えられるんだよね」

と彼女はオデコを光らせながらいった。

お互いに大学へいくとなかなか会う機会もなくなり、たまに来るハガキには、

「まだタビックスを愛用してます。あなたもぜひどうぞ」

などと書いてあった。

ある日彼女から電話がかかってきて、実は彼氏がいるのだけど、このままつきあっ

ていいのか悩んでいるから、ぜひ彼に会って感想をきかせてくれないかという。私たちはそれをきいて、

「やっぱりね、あの子、磨けば光る玉なのよ。少しはこれで身なりにも気をつけるんじゃないの」

と口々に勝手なことをいって、友だちを誘いあわせてドヤドヤと待ちあわせの喫茶店にでむいた。彼は授業の都合であとから来る、と彼女はいった。みんな、

「ねえ、どんな人、どんな人、ねえねえ」

としつこくきいた。彼女はそうきかれると、急に目をしばたたかせながらハーッとタメ息をつき、

「そうね、加藤剛に似てるわ」

といった。私たちはびっくりして思わず、

「えーっ」

と声をそろえて叫んでしまった。彼女の目には星がまたたき、すっかり彼にまいっているようすだった。

「すごいねー、加藤剛だって。ふーん。国立大学に通ってて顔がそうだったら、いうことないじゃないね」

と私たちは羨望《せんぼう》のまなざしでいった。

「そうなの、私にはとても過ぎた人だと思ってるの」

彼女の目の中にはまだ星が入ったままである。私たちは早くその加藤剛をみたいと思ってやきもきしていた。しばらくしてから彼女は入口のほうにむかって背のびをして、手まねきした。あ、とうとうやってきたと思い、私たちは大いなる期待をもってそちらの方向をふりかえった。

「………」

思わず私たちは顔をみあわせた。ニコニコしながらやってきたのは加藤剛ではなく、せんだみつおだった。一緒にいった女の子はうつむいて、

「プッ、そうか加藤剛か……ククク」

と笑っている。どんな女にでも恋は盲目という言葉はあてはまるのだな、と私はしみじみ思った。しかし彼は顔はせんだみつおとはいえ、なかなかよい人だった。私たちは彼女に、とてもいい人ではないかと正直にいった。ところが彼は、大学を卒業したらすぐ結婚して家庭に入ってほしいと彼女にせまっており、東京都の教員採用試験に合格していた彼女はとても悩んでいるというのだった。男か仕事かと迷っている彼女に対して私たちは、

「うーむ」

というしかなかった。こんなに真剣に悩む彼女の姿をみたことはなかった。卒業が

近づいても、具体的な結論は出ないまま、顔のでかい桜田淳子とせんだみつおの恋愛は続いていたようだった。私たち傍観者は自分たちに関係ないものだから、

「なるようにしかならないよねー」

と陰で無責任な発言をしていた。

ところが卒業証書をもらうやいなや彼女が電話をかけてきて、これから一人で旅行にいってくるという。

「もう気分転換しなきゃ体が腐っちゃう」

と少し高校時代の彼女に戻ったようだった。彼女は誰も知っている人がいない、ある島へいった。島に着いてももちろん行くあてはなく、バス停で一人ボンヤリしていると、そこへふらふらと初老の男性がやってきた。何気なく顔をみると額には脂汗、手はふるえ、見るまに彼女の足元にうずくまってしまったのだった。

「どうかしたんですか」

と彼女がたずねると、初老の男性はうめきながら、

「朝から腹の調子が悪くて悪くて」

と訴えた。それをきいて彼女は旅行カバンの中からすかさず、旅行する時にはいつも携帯している正露丸のビンをとり出して彼に進呈した。痛みを訴えるやいなや治療薬が目の前に差し出されたタイミングに彼は大感激し、彼女がどこにも泊まるあてが

ないと聞くや、

「それでは我が家に泊まってください」

と彼女をひっぱっていった。その男性はその島にある小学校の校長だった。彼女が国立大学の初等教育科を卒業し教員採用試験に合格したが、赴任先がまだ決まらず、いくあてがないというと、

「私の学校に来ればよろしい」

ときっぱりという。思わず彼女は、

「はい、そうします。よろしくお願いします」

と本土でせんだみつおが待っているのをコロッと忘れて、校長先生にお願いしてしまった。気の毒なのは彼女との生活を夢みていた彼である。自分の目の前から愛《いと》しいアヤコがいなくなってしまい、哀れなくらいオロオロしていた。私たちは、

「そのうち帰ってくるから平気よ」

と楽観的だったが、彼のほうは逃げられてはならじと必死になっていた。片やアヤコのほうは心からその島になじんでしまった。朝は漁師さんと一緒に網をひき、昼は小学校の校庭で子供たちと遊び、夜は校長先生の道楽の詩吟につきあわされるという毎日を送っていた。色白だった顔は島にきてから間もないのに、陽に焼け、元気な地元のお姉さんになっていった。やっと彼女から居場所を知らせるハガキがついたとき、

せんだみつおは仰天した。こんなことがあっていいのだろうかと涙にくれながら島に向かったが、愛しいアヤコちゃんは、

「もうここに住むことに決めた」

とガンとしていいはるのである。三日間連続で説得したが彼女は首を横に振るばかりで彼は交渉が決裂した傷心を抱いて東京に戻ってきたのだった。その話をきいて私たちは、

「それが成り行きだよね。なるようにしかならないよ」

といったが、正直いって彼女はこれから大丈夫かなと思っていた。しかし彼女は生まれもっての運がいいらしく、しばらくして、そこの小学校に欠員ができ、めでたく教師となった。担当は図工だった。私たちは、よかったよかったと手ばなしでは喜べなかった。彼女が大学時代に主に勉強していたのは国語である。しかしこれから教えるのは美術である。彼女の芸術的才能を昔から知っている私たちは、

「あーあ、これであの島の芸術教育は終わりだ」

と話した。静物の写生をしても抽象画といわれ、粘土をこねて壺《つぼ》を作っても教師からは、

「なんだ馬糞《ばふん》か、こりゃあ」

としかいわれなかったのである。島から電話がかかってくるたんびに、

「あんた、本当にちゃんと教えてるんだろうね」

などといってしまう。彼女は、

「平気、平気。私、絵の描きかたなんか全然教えてないから。最近は毎日毎日木をくりぬいて舟を作ってるんだよ」

といい、その舟を海にもっていって浮かべるのが今一番楽しみにしていることなのだともいった。あんなに楽しいんじゃもう東京には帰ってこないだろうな、という気もしていた。

彼女が島に渡ってから五年目、教員の配置転換の辞令が下った。都内の小学校に戻ってくることになったのだ。

「そろそろあきてきたから、いいころだとは思ってたんだよね」

彼女は豪快にいった。あのせんだ君の件はどうするのかときいても、

「ああ、そういうこともあったね」

と全然気にしてないようすだった。私たちは五年ぶりに里帰りする彼女を出迎えにいった。久々に顔をあわせた私たちはお互い何もいわずに指さして、

「ギャハハハ」

と笑った。

桜田淳子といった容貌《ようぼう》はやはり多少おとろえてはいたものの、テカテカオデコは健

在で元気そのものといったかんじだった。

最初都内の小学校に赴任して張りきっていた彼女だったが、だんだん元気がなくなってきた。

「私、悩んでんのよね」

彼女は深くタメ息をついた。彼女の話によると、担当の小学三年生の生徒が全然彼女についてきてくれないというのである。島にいたときと同じように、

「さあー、授業するぞー」

と活をいれてもみんな上目づかいになって、〝しーん〟としている。放課後、

「きょう、みんなでサッカーやろうぜ」

といっても、

「ボクたち塾があるから」

と小声でいってすぐ帰ってしまうというのである。あるとき彼女も頭にきて、

「そんな塾、休んじまえ」

といったら、翌日すぐ母親の集団がドドーッと学校にやってきて、教師としてあるまじき発言、と彼女のことをつるし上げたというのである。

「私、ものすごく野蛮人みたいにいわれるのよ」

いつもと違って元気がない。

「あんたが悩むなんてあの時以来だね」

そういって私はククク笑った。

「ホント、目に星入れてるうちは楽だったわよ。あーあ」

彼女の険しい道はこれからまだまだ続きそうであった。

カミナリは知っている

大学時代、都美術館の短期アルバイトをしたことがある。今の都美術館は鉄筋で立派な建物になっているが、当時はまだ屋内は木造で歩くと床がきしむ音がする、大きな古い学校のようだった。

私たちアルバイトの使命というのは、展覧会が開かれるまえに、審査をうけに持ちこまれた作品をきめられた場所に保管したり、審査をする先生たちにお茶を出したり、展覧会がはじまると、部屋の隅っこにじーっと日がな一日座り続けて、入場者に向かって、

「そこの人！　絵にさわらないで下さい！」

と怒ることだった。

私は毎朝早く、山手線のツメコミ電車で、痴漢の手と格闘しながら美術館に通った。車内の痴漢とともにもう一つ私を悩ませるものがあった。それは美術館の下働き班がまるで大奥のような組織だったからである。美術館では、あっちで書道展、こっちで版画展といろいろな行事が並行して開かれることがあるのだが、それによって私たち

は向こう一か月間の配属が決まる。そしてその配属先にはこの美術館の行事の手伝いをして二十年というおばさんが待ちうけているのである。私は陶芸に行くことになった。担当のお局《つぼね》様的な立場のおばさんは四十歳くらいの年まわりで、私が挨拶《あいさつ》にいくとニカッと笑った。笑ったその歯はすべてオシシのような金歯だった。笑うたんびにそれがパカッと姿をあらわした。彼女は私の肩を抱き、小声で、

「いい、絵画のところにパーマをチリチリにかけたおばさんがいるんだけどね。あの人のいうことはきいちゃダメよ。ね、私のいうことだけきいてればいいんだから。あの人、すっごく意地が悪いのよ。わかったね、何をいわれても知らんぷりするのよ」

そういわれても新参者の私はただわけもわからず、

「はあ……」

とあいまいに返事をするだけだった。その日の午後、私がトイレから出てくると、例のチリチリパーマのおばさんが、審査待ちの油絵が並んでいる薄暗い部屋の入口で、私に向かって手まねきをしているのだった。午前中、お局様からいわれていたが、私は別にこのおばさんにはウラミはないし、一体何だとそばにいってみた。おばさんは袖口《そでぐち》のすりきれた割烹着《かっぽうぎ》のポケットから白いハトロン紙の袋を出し、

「あんた、今日からなんでしょ。あんたのとこ、いじわるなおばさんいるでしょ？まあまだイビられてないの。これからきっといろいろなことがあると思うけど、何か

イヤなことがあったらすぐあたしのところに来なさいね。配置換えしてあげるから。それとね、いろんなことという人がいるけど、気にしないようにね。いちいち気にしてるとよけいな気遣いするから。あんた、アメ食べるでしょ、ね、口の中に入れちゃえばわかんないから、さ、はやくはやく食べなさい」

そういって、おばさんはその袋の中から昔駄菓子屋で売っていた直径三センチはあるザラメがまぶしてあるアメ玉を私にくれた。内心こんなの口の中に入れたら目立ってしょうがないじゃないかと思ったが、おばさんが食べろ食べろというのでパクッと口の中にほうりこんだ。おばさんはまた小声で、

「いい、何いわれても本気にしちゃだめよ」

といった。私は口の中をアメ玉で占領されていたため、

「ふぁい、ふぁかりまひた」

とマヌケた返事をして自分の持ち場に戻った。すると、お局様は私の顔をみるなりふくらんだほっぺたを指さして、

「あんた!!　あの女にアメ玉もらったね!!」

と目をつり上げて怒るのである。私はグッと言葉につまり、アメ玉をのみこもうにものみこめず、

「ふぁい」

といって、とりあえずうつむいておくことにした。

「まあ、何て手口が汚いんだろうね。食べ物で買収するなんて。あんた、そのアメ玉、そこに吐き出しなさい。あの女の持ってたものなんてどういうものかわかんないわよ！　あたし赤痢になったって知らないからね」

とプンプンしながらいうのである。私はもらって食べたばかりのアメ玉を口から出し、ティッシュペーパーにくるんでゴミ箱にすてた。シワシワになった口の中を舌の先でレロレロしていると、お局様は、

「わかった!!　もう一度いっとくけど、私のいうことしかきいちゃダメ!!　ダメっていったらダメなの!!」

そういい放つのだった。私はこの大奥の機構がどのようになっているのか全く理解できず、前からずっとアルバイトをしている女子美の女の子にきいてみた。するとここでは少なくみても十派の派閥があり、それらの統率者であるお局様たちの確執たるやすさまじく、廊下ですれ違ってもお互いわざとらしくソッポを向きあうなどというのは日常茶飯事だというのである。

「肉体労働は何でもないんだけどね、おばさんたちの間に入るとめんどうくさいことばっかりでイヤになっちゃうよ」

そう彼女はいった。そのうえ私のところの、金歯がパカッと姿をあらわす金パカの

局は、おばさん軍団の中でも一番の嫌われ者で、今まで反目していた二つのグループが、金パカの局は嫌いだという点で意見の一致をみて仲良くなったという話が残っていると教えてくれた。なにしろ彼女はあることないこと噂を流し、まとまる話もすべてひっかきまわし、そのくせ結局は何もできないのだという。

「あきらめるしかないわね、あの人が上にいるんだったら」

気の毒そうに彼女はいった。彼女のいうとおり、一番の嫌われ者の下で働くというのは本当にえらいことだった。金パカの局は何もせず、ただ割烹着のポケットに両手をつっこんで、私に向かって、

「ほら、先生方にお茶!!」

という。そうすると私はアルミのドデカいヤカンを手に、お湯をかける少女のようなスタイルで廊下を走って給湯所へお湯をもらいにいくのである。そこのおばさんが、

「はい、次はどこの人？」

ときくので、

「陶芸です」

というと、おばさんは私のことを無視して、

「はい、次の人」

などといって私をとばすのである。私があっけにとられていると派閥のもとで同じ

苦しみを味わっている他のバイトの女の子がお湯をわけてくれた。みんなから少しずつお湯をわけてもらい、ヨタヨタしながら廊下を戻ると〝安寿《あんじゅ》と厨子王《ずしおう》〟の汐《しお》くみはさぞこんなものだったのであろうと悲しくなってきた。彼女は私には味方だといいながら全然味方になってないのだった。私がヨタヨタと戻ってきても横をむいてショート・ピースを吸っているだけ。それをみた陶芸の審査員の先生が、

「重そうだね、どれ私が持ってあげよう」

といってテーブルの上にヤカンをおくのを手伝ってくれると、その先生がいなくなってから、

「ホントにスケベなんだから。若い女の子が来るとすぐ寄ってきちゃってさ、フン」

とひとりごとのように嫌味をいうのである。陰でそういいつつも、当の先生から差し入れのお菓子などをもらうとコロッと態度を変えて、ゴロニャン、ゴロニャンとなついていくという、どうしようもない性格をしていた。

いざ審査がはじまると私たちは軍手をはめ、先生方の目の前に置いてある回転する台座の上に一点一点搬入された作品を運び、入選、落選と、床にしいた毛布の上に作品をわけておくという仕事をしなければならない。陶芸とはいえ壺や皿ばかりではなく、わけのわからないオブジェもある。万が一を考えて私たちが持たせてもらえるのは小さい茶碗《ちゃわん》や皿ぐらいで、大作になると金パカのお局様の登場となる。無数に搬入

された作品のなかでも一番目をひいたのは素焼きのオブジェで、それは四角の箱からとてつもなくぶっとい男性器がニョッキリつき出ているという、しろものだった。これは大物なので私は抱える心配はなく、安心していた。すると金パカの局は私の体を指でつっつき、その巨根オブジェを見ながら、

「ねえあんた、ああいうの、慣れてる？」

とたずねてくる。私はギョッとして、

「えっ！　慣れてるわけないじゃないですか」

と答えると、彼女はポッと顔を赤らめながら、

「あたしもねーえ、お父さんのしか知らないから、なんか緊張しちゃって……」

というのである。

金パカの局は真赤な顔をしてその巨根オブジェを回転台の上に運んだ。先生方は、

「まあ、大作だねえ」

「ホント、これこそ大作だ」

と冗談まじりにいいながら挙手した結果、多数決でそれはみごと入選した。次にひかえているのは胴体の一番太いところがひとかかえもありそうな淡いブルーの壺だった。表面には雲にのった仙人や頭のてっぺんで毛を結んだ子供、唐草模様といった中国的模様が白いレリーフになっているなかなかみごとなものだった。

金パカの局《つぼね》はりきって、

「ああいう大きくて立派なものはね、あんたたちに持たすとね、どうなるかわかんないでしょ、もし落っことしたらねえ、大変なことになるじゃない。あんたたち責任とれないでしょ、だからおばさんたちが責任もたされてるわけ。芸術家の先生から信用されてるのよ、あたしたちは、カッカッカ」

とさっきの巨根オブジェの時とは大ちがいの顔をして笑った。

彼女は割烹着《かっぽうぎ》の袖《そで》をまくりあげ、軍手をはめた両手をニギニギしながらその大作の壷を持ち上げた。ガニ股《また》でヨタヨタと回転台の上に運び終わると私のほうをみてニカッと笑った。私もしかたなくニカッと笑いかえした。その大作の壷もみごとに入選した。金パカの局はその壷をまたよっこらしょとへっぴり腰でかかえ、入選組の毛布の上に置いた。

「あたしもねえ、一目見てあれは入ると思ったんだよ。あのね、永いことこういう仕事してるとね、いいものを見る目っていうのができてくるんだよねぇ、カッカッカ」

またそういって得意そうに笑った。私もしかたなくハハハと力なく笑った。審査のほうは一人の先生がトイレにいったため、中断していた。金パカの局はつっかけサンダルで、入選組の毛布の端っこを右足でまくったりもとに戻したりしていた。そのとたん、

「ピキッ!!」

という鋭い音が私の耳に入った。私と金パカの局は顔をみあわせ、おそるおそる床をみた。あの大作の壺が隣りの巨根オブジェにごっつんこしているではないか。私たちはおそるおそる先生方のほうをみた。先生たちのほうにはその音はきこえてないようで、タバコを吸いながらにぎやかに談笑していた。私たちは入選作をきちんと並べるフリをして斜めになっている壺をまっすぐに起こした。一見してどこも傷ついてないようだった。

「おい、キミ、それが気にいったんだったら家にもって帰ってもいいぞ、ワッハッハ」

先生のうちの一人が、しゃがみこんでゴソゴソやっている私に向かってそういった。

先生方は私のほうをみてドッと笑った。私は、

「アハハ」

と笑いながら、冷や汗が出てきた。

「何ともないみたいですね」

私は金パカの局に小声でいった。

「うん、音はしたけどね。ただぶつかっただけだったんだよ、きっと。ひびも入ってないみたいだし。何ともないよ、何ともない」

金パカの局はきっぱりといった。

「よかったですねぇ、何ともなくて」

私がそういうと金パカの局は金歯の口に指をあてて、

「シーッ」

といった。二人で、ああよかったよかったと腰をあげようとしたとたん、その巨根の陰から白いものがポロッと出てきた。私はただ、

「あっあっ」

といいながら指さすしかなかった。金パカの局はその白いものをパッと右手でつかみ、すばやく割烹着のポケットに入れた。私たちは動揺を隠しつつ部屋の隅っこへ隅っこへと少しずつ移動していった。私たちは後ろをむいて、金パカの局がおそるおそるポケットから出したものをみた。そこには雲にまたがり、ニッカリと笑っている仙人の姿があった。一瞬血の気がひいた。

「やっぱり……。あの音じゃね」

私はボーゼンとしている金パカの局にいった。彼女は黙ってその仙人を眺めていた。

「どうします？　それ」

彼女は黙ったままである。こういう場合、私はいったい最初に何をしたらよいのだろうかとうろたえた。すると突如金パカの局は私の右手をかかえ、耳元で、

「ね、たのむからさ、これあんたがこわしたことにしてくんない」

というのである。私はビックリ仰天して、

「やだやだ！　絶対やだ！」

と身をよじって抵抗した。

「ね、たのむからさぁ」

金パカの局は哀願してすり寄ってくる。

「やだ！　だって私がこわしたんじゃないもん」

冤罪《えんざい》許すまじと私はきっぱりいい放った。

「ねえ、どうしてもォ」

急に金パカの局は私に媚《こ》びてきた。

「だめです、それだけはだめ！」

私がかたくなに拒絶すると彼女はかかえていた私の右手をつき放した。

「あっ、そ、わかったわよ。そんならいいわよ。ホントに今の若い子っていうのは思いやりがないんだから」

金パカの局はブツブツいいながら雲にまたがってニッカリ笑っている仙人を割烹着のポケットにねじこんだ。そして、

「あーあ、疲れたぁ」

といいながら両手をグルグルまわし、何事もなかったような顔をしてもといた場所に戻っていった。後ろからケッとばしてやろうかと思った。

「私は何も悪くないもん。悪いのは金パカだもん」

そう私は心の中でつぶやき、あとは私の知ったこっちゃないやと思うことにした。

私の知っている限り、金パカの局はその件に関しては自首していないようだった。あれだけたくさんの模様があるんだから一個ぐらい取れてたってわからないだろうと思う反面、もし展示場に作者がきて点検して事実がわかったらエライことになるだろうなあといろいろ考えた。

無事搬入された作品の審査も一週間で終わり、年配の先生が多いので、お茶で打ち上げということになった。金パカの局は、

「裏の和菓子屋さんへいってお茶菓子を買ってこなきゃいけないんだよ。あんたじゃどれがいいかわかんないでしょ。選ぶのは私やるから、あんた一緒にきてお菓子持ってよ」

という。私は何をいわれてもさからわないことにした。何をいわれても無感情でハイハイとききながすようにした。その和菓子屋さんは美術館から歩いて十五分もあり、一見したところ古い日本家屋といったかんじなのだが、格子戸をあけて中に入ると小さなショーウィンドーがあり、きれいな和菓子が三種類並べられていた。毎日三種類

しか作らず、売り切れと同時に店仕舞いという商いをしているのだった。金パカの局はそこで八個の和菓子を買ってそれを私に持たせ、財布からお金を出そうとした。すると中からあのニッカリ笑った仙人が出てきた。私がびっくりしていると金パカの局は、

「捨てちゃおうと思ったんだけどさあ、何か捨てられないんだよね」

と恥ずかしそうにいった。私は黙っていた。店を出ると急にあたりが薄暗くなり、遠くでゴロゴロと雷の音がしてきた。

「今どきヘンですねえ」

そう私がいっても、金パカの局は何もいわない。おかしいなあと思って横をみると、彼女は口を手でおおってうつむいている。

「気分でも悪くなったんですか」

首を横に振って何もいわない。

「ま、いいや、ほうっておこう」

そう思ったとたん、ガラガラガラッ！　という雷の音がした。急に右肩が重くなった。

「ひえーっ、こわいよォ」

金パカの局が私の右肩にすがりついてワナワナふるえているのだ。

「まだ大丈夫ですよ。それにここだったら高い建物もあるし、ほら避雷針だってあるから」

といっても金パカの局《つぼね》は首を横に振り、

「ダメ、ダメ。雷はバカにしてはダメなんだよ。まっくろこげになっちゃうんだから。さ、早く帰ろう、早く早く、ね、しっかり手つないで」

そういって私の右手をむんずとつかみ、一目散に走り出した。しかし走っていても彼女の右手はしっかりと自分の口をふさいでいる。私は左手にかかえた和菓子の形状を維持せねばと、

「お、お菓子が……そんなに走るとお菓子がこわれますよ！」

と叫んだ。

雷の音はどんどん大きくなり、大粒の雨がバラバラ降ってきた。

「そんなに走ったら、もう、お菓子がつぶれちゃいますよ――」

私はハアハアしながらいった。ピカッと稲妻が光り、ドッシーン！という音がした。金パカの局はその瞬間その場にへたりこみ、

「ひえー、こわいよー、こわいよー」

と泣きじゃくりはじめた。

「お、おばさん、早く早く、もうすぐそこだから」

私はお菓子の形状の維持などはかまっていられず金パカの局の左手をとり、ひきずるようにして走った。ピカッと稲妻が光るたんびに彼女は、

「ひえーっ」

と死にそうな声を出した。雷の音はますます大きく、雨もジャンジャン降ってきた。

「こわいよー、金歯に雷が落ちちゃうよー」

走りながら彼女はわめいた。

「まさか、金歯なんかに雷は落ちませんよ!!」

私は吹き出しそうになるのをこらえてそういった。

「ちがうもん。金属には必ず落ちるんだもん」

金パカの局はゼエゼエと息を吐きながら涙声でいった。

「そうですか！　そんなに心配だったら手で口にフタしといたほうがいいですね!!」

そう冷たくいうと金パカの局は、

「うん」

と素直にうなずいてしっかり右手で口にフタをして、目をつりあげて一段とスピードをあげた。私はおかしくてたまらなかった。まるで幼稚園の子と一緒にいるような気がした。

「本当に困ったもんだ」

と思いつつ金パカのお局様のいうとおり、私たちは手をしっかりつなぎあって一路美術館をめざしたのであった。

ゲートボールと天国の門

ウチの婆さんはモモヨという。子供にかわいい名前をつけた末路が悲惨という、その典型的な例である。長男一家と一緒に今は地方に住んでいるので、ここ二十年近く会っていないことになるが、逐一その奇行ぶりが親戚《しんせき》中に電話連絡されるという、今年八十六歳になる元気な婆さんである。

モモヨ婆さんは京都の生まれで、噂によると、幼かりしころは〝大江のお姫さま〟と呼ばれて蝶《ちょう》よ花よと育てられたということであるが、噂の出どこをたどっていったらモモヨ婆さん本人だったというので、これは親戚ではマユツバということになっている。それほどの家の娘であればお大尽のところへも嫁にいけたはずなのに、二十三歳のモモヨが嫁いだのは、五郎助という名前の、実直だけが取り柄の十歳年上の刑事だった。モモヨは学校を卒業してからずっと近所の子供を集めて英語を教えていたというから、当時としてはハイカラな娘であったが、運悪く〝色の白いは七難隠す〟の御時世に見事に色黒として生まれ落ちたものだから、それが致命的欠陥となり、男性とは縁がなかったのだった。野中の一軒家に居を構えた二人は庭に畑をつくり、ニワトリを飼い、つつましい新婚生活をはじめた。この夫婦は二人とも異常に新しもの好きで、珍しいものをみるとすぐとびついて買ってしまうという癖があった。二人の次女として、母親の色黒をうけついで生まれた我が母ハルエは自分の子供時代を思い出してこういう。

「家にはへんてこなものがたくさんあったわよ。アメリカ製だったのかねえ。アンティックショップなんかで売ってるパタパタひっくりかえすトースターとか、電動ハンドミキサーみたいなものもあったし。いつも朝起きるとニワトリ小屋から卵をとってきて、メリケン粉をまぜて、よくケーキを焼いてもらったよ。ケーキっていっても、ビスケットとパウンドケーキのあいだみたいなものだったけどね」

なにしろ料理の本も編物の本も薄っぺらくてイラスト入りで英語で書かれたものであったという。はるか遠くのお隣りさんにイチゴジャムを作ってもっていったらば、

「あそこの嫁さんはヌカミソをつけないで、こんなに赤くてキモチ悪いグニャグニャした死骸《しがい》みたいなものを作っている」

と軽蔑《けいべつ》されたりした。しかし、隣りの人にそういわれようが全然おかまいなし。毎日元気いっぱい畑を耕し、ニワトリの世話をし、夜も元気いっぱいおつとめに励んだおかげで、七人の子供をもうけたのであった。

母になったモモヨは物々交換をして卵やケーキを毛糸や布に換えたりしていた。ハ

ルエにいわせると、

「何せ着物姿のお母さんをみたことがない」

というくらい洋装に徹していたらしいのだ。おまけに四人の娘たちには着せかえ人形のように、真白い毛糸でおそろいのワンピースを編み、その四人の娘をゾロ～ッとつれてたんぼのアゼ道を歩くと、近所中が仰天したというくらい、近隣近在では目立っていたのである。ハルエもそんなかわいい服をきたこともあったのかと思うとまことに不気味というか不思議な気もするが、それをみた農家のお嫁さんが野菜をもってきて、

「うちの子にも同じものを作ってやってくれ」

とたのみにきたこともあるそうである。

女の子にはワンピース、男の子にはチョッキやセーター、愛する夫、五郎助には腹巻きと、貧しいながらも幸せに暮らしていたのだが、ちょうど七人目の男の子が生まれたばかりの六月、五郎助は雨の中、夜どおし捜査をしていたことがたたって、肺炎でポックリ死んでしまったのであった。ホントに、人が簡単にコロコロとよく死ぬ時代だった。英語が好きでパウンドケーキを焼き、洋装が一番だった蝶よ花よと育てられたモモヨ母さんは、突如そこで日本の母に変身しなければならなくなった。残された子供を育てるべく洋装を捨て、モンペをはいた行商のおばさんへと転身したのであ

った。朝まだ暗いうちからカゴを背負って野菜や日用雑貨を売り歩く毎日で、色黒い顔はますます日焼けし、手はだんだんふしくれだってきた。パウンドケーキのおやつはふかしイモになった。七人の子供たちは一致団結して母親を助ける、ということもあまりなく、イモの大小をめぐって二派や三派に分れてとっくみあいの大喧嘩《おおげんか》をはじめたりする。そうすると彼女は無表情でフスマをとりはずし、全部の部屋をぶっとおしの広さにして皆がケンカしやすいように場所を作ると、裸電球の下でつくろいものをはじめたりするのだった。

ある日、五歳の五郎助の忘れ形見が、

「お兄ちゃんのお古じゃない新しいチョッキがほしい」

といってダダをこねた。当時十五歳のハルエが、

「そんなこというんじゃない」

と怒ると、モモヨ母さんは、

「いいよ、作ってあげるから」

そうににこやかにいうのである。翌日、目がさめると、緑色のチョッキができあがっていた。それを見たハルエはどこかで見たような色だなあと考えていると、それはまさしくモモヨ母さんがモンペの下にはいていた毛糸のズロースと同じ毛糸だったのである。もちろん物資がないときで余分に毛糸があったわけではなく、前日まで母の下

半身を暖めていた毛糸は、翌日から息子の上半身を暖めることになったのである。

「ズロースをチョッキに編みかえた母をだれが非難できるだろうか」

その話をするとハルエはいまだに涙ぐむのである。近所の人からは、

「奥さん、子だくさんだから行商しても大変でしょう。学校なんか行かさなきゃいいのに」

とよくいわれたそうだ。ところがそういわれると、

「子だくさんは私の責任、子供はきちんと学校に行かせます！」

そう宣言してとうとう子供を全部、短大や大学を卒業させたのであった。そして全員をいちおう結婚させ、孫もひ孫もできて、今では自分の好き勝手にのんびりと暮らす毎日なのである。

私は正直いって子供のころ、このモモヨ婆さんが苦手だった。父方のおばあちゃんは孫が何をしても怒らず、盲目的にかわいがるタイプだったのに、こっちのほうはなかなか一筋縄じゃいかないタイプだったからだ。
三、四歳くらいのころ、モモヨ婆さんが私を手まねきして自分の目の前に座らせていった。
「おばあちゃんの口、よくみててごらん」

そういわれて私はじっとモモヨ婆さんの口元をみつめていた。口をモグモグやって

いたかと思ったら急にポクッと音がして、歯がズレてしまったのである。するとモモヨ婆さんはニヤッと笑って歯をはずしていった。

「ふぉら、お婆ちゃんくらいのとひになるとね、こんなふぁうに取りはずひのできる歯がふぁえてくるんだよ」

「ねえ、あたしはあといくつ寝たらそんな歯が生えてくるの」

私は胸をドキドキさせてきいた。

「お婆ちゃんみたいに髪の毛が白くならないとふぁえてこないんだよ」

私はあの歯はカッコいいなあと思った。〝取りはずしのできる歯〟が欲しくてたまらなかった。ところが二、三日たって、私が部屋の中で遊んでいると、モモヨ婆さんがやってきて、優しく、

「えらいねえ、おとなしく遊んでるの」

という。私がこっくりうなずくと、突如彼女は歯をむき出し、

「グオーッ」

といいながら私に向かってにじり寄ってくるのだった。

「おばあちゃんが狂ってしまった」

私は直感的にそう思ったが、すでに腰は抜け、ただズリズリと部屋の隅に避難するしかなかった。あまりの恐怖で声すら出ない。ただ口と目をパカーッとあけて尻《しり》でズ

っていくだけである。彼女のほうは歯をむき出しにしたまましばらくうなっていたが、アゴをちょっとゆがめて、今度は歯をパカッと口からはずしてしまったのであった。

「ギャーッ」

あまりのことにちっこい目から涙がほとばしり出た。なんと歯がゾロッと抜けてしまったのである。考えてみれば、その前に〝取りはずしのできる歯〟はカッコイイと思っていたのに、そこは子供、ただ目の前の現象だけにたまげ、そこまで気がまわらないのであった。彼女はその抜け落ちた歯を手にもってパカパカいわせながら、歯のないピンクの口でニターッと笑う。本当に失神しそうになった。私は隅の角のところに顔をおしつけ、

「こわいよー、こわいよー」

ワンワン泣いてしまった。騒ぎをききつけてやってきたハルエは、

「何やってんの、いったい」

私たちをかわるがわるみながらきいたが、私が答えられるはずもなく、彼女はすでに歯を再び挿入し終わり、しらんぷりしているのだった。

「何泣いてんの、あんた」

私の肩をつかんでハルエはいった。私はヒックヒックしながら、

「おばあちゃんがいじめたあー」

そういって指さしてやった。

「どういうふうにいじめたの！　おばあちゃんがそんなことするわけないじゃないの」

「ちがうよぉ、歯を抜いて、こうやって手にもっていじめたんだよぉ」

ハルエはあきれ顔で、

「全くもう。へんなことして泣かさないでよ」

そうモモヨ婆さんにいった。

「あーら、この子はね、いつも近所の子をいじめてばかりいるから少しは身内がいじめてやらなきゃ、いけないんですよ。けっこう弱虫なのよ。すぐ顔ひきつらせて泣いちゃってさ、こういう時に向かってくるのが本当に強い子なんだよ、わかったか、ケッケッケ」

といって笑うのである。この一件があってからどうも私は彼女に尻尾《しっぽ》を握られているのである。部屋を出るときについつい電灯を消し忘れる。そのたんびに、

「このバカもの！　何度いったらわかるんだ。部屋を出るときは電気を消せといっただろうが！　ボケが！」

そういって頭を叩《たた》くのである。

これがあの〝大江のお姫さま〟かと思えるほどの暴言である。

「頭叩くと悪くなるじゃないか」

と反論すると、

「そんな頭、ちょっと叩いた方がネジが締まって回転がよくなるわい」

と切りかえしてくる。同じことを私の弟にもやっていれば私もそんなに頭にこない。ところが、この婆さん、弟にはめっぽう弱くて、顔をくずしてかわいがるのである。弟が小さいころから、

「ホントにヒロシはおとなしくて頭がよくていい子だねえ、こんないい子はみたことがない」

そういって年金をためたお金で、プラモデルや本を買ってやったりする。私が横目でそれを見ながら、それとなく、私も、私もとアッピールするとわざと視線をそらし、

「世の中には、つい手を出して助けてあげたくなる子とそうじゃない子がいるんだよね」

などと聞こえよがしにいうのである。

そういわれてもどういうわけか憎めないのだが、しみじみ、

「あんたってヒロシとちがって本当にかわいげがないね」

などと差別されると、

「早く死ね、クソババア」

とつい口をすべらせてしまう。すると敵もさるもので、

「そうなんですよね。はやく行きたいと思ってるんですけどねえ、まだお呼びがこないもんで。あんた私が死んでも墓参りにこないでね。墓がクサるから」

悪態をついていたモモヨ婆さんも、私が中学校に入ると家にこなくなった。

「どうして来ないんだよ」

と電話してきくと、

「あんたのおとうさん、私嫌いなの。どうもうまくいかないんだよ。行くと気をつかっちゃってさ、疲れちゃうからめんどうじゃない。だからいかないの」

とハキハキと答えるのである。何でもズバズバいう、とても京女とは思えぬ婆さんと、イジイジ優柔不断な性格の父親とは相性がいいはずもなく、私はそれをきいて納得したのだった。

疎遠にはなりながらも、私が大学に入ったときは五千円のお祝いをくれた。四年後、弟が入ったときは二万円だった。電話して嫌味をいうと、

「だってあんたよりヒロシのほうがかわいいもん」

と相変わらずなのである。

しかしその元気のいい婆さんにもアキレス腱《けん》があった。それは長男の嫁であった。

その嫁さんは婆さんに輪をかけた豪傑で、伯父《おじ》がどうしてその人を気に入ったかというと、

「大口あけて飯をたらふく喰《く》う、丈夫な体をもっているから」

といったくらいの相撲取りのような人なのである。おまけに口がへらないのも婆さん以上といった具合で、婆さんも家にいるときは、借りてきた猫みたいに自分の部屋でおとなしくテレビを観ているのだという。

それというのも、ある日お互いガマンの限界がきて、出て行け、行かないの大さわぎになり、モモヨ婆さんが風呂敷包《ふろしきづつ》み一つもってアパートを借りてしまった。しばらくは何とか一人暮らしをしていたのだが、いくら元気でも年寄りは年寄り、昼食を作っていた時にコンロをひっくりかえし、そのアパートを半分焼いてしまったのであった。長男からはこっぴどく怒られたうえ、嫁からは冷たい視線を浴びせられ、アパートを弁償しなければならないし、ますますモモヨ婆さんは萎縮《いしゅく》していくばかりだった。

それからのモモヨ婆さんは明らかに変になった。五年前に私が電話したときも、みごとにボケていた。

「おばあちゃん、元気？」

「はい、元気ですよ」

「そう、よかったね」

「はあ、どうも」

「どうしたの？　元気ないじゃん」

「はあ、あんた東京の子だよね」

「そうだよ」

「ああそうかい、あんた、子供はいくつになったかね」

「えっ、子供なんていないよ」

「おや、それじゃあムコさんは」

「ムコさんだっていないわよ、あたしまだ一人なんだから」

「えっ……一人……」

そういうと婆さんは電話のむこうで泣きはじめた。何なのだこれはと思ってよく話をきいてみると、

「あんたのムコさんが死んだとは知らなかった。子供がいなかったのはせめてもの幸いだけど、気をおとさないように。それにしてもかわいそうなことをした」

といってサメザメ泣くのである。明らかにボケてどこかの誰かと混同したのであるが、一週間後、私宛《あて》に心づけの一万円が送られてきたのはまことに喜ばしいことであった。次に電話をしたときは開口一番、

「あんた、いま何年生」

という。

「もう学校卒業したよ」

そういっても全然わからず、

「ふーん」

といったあとまた、

「ところで、あんたいま何年生？」

ときくのである。あれほどの婆さんがボケてしまうのも驚くべきことであった。私がハルエに、

「おばあちゃん、ボケちゃってるよ」

そういうと、ハルエは自分の姉や妹を集めて呉服屋に喪服をあつらえにいってしまった。非常に割り切った性格というのも知ってはいたが、これまた驚くべきことであった。親戚《しんせき》中で、もしやお迎えが近々くるのではないかと案じられていたが、なんと、婆さんは再び変身したのであった。

ある日近所の人にさそわれて、老人会のゲートボール大会に参加したらもうやみつきになってしまい、例のボケがみごとに回復してしまったのである。ちゃんとゲートボール用のお帽子、シャツ、ズボン、靴を年金を貯めたお金で揃え、嬉々《きき》としてパコーンと球を叩いている毎日なのである。そうなると昔の大胆な性格が頭をもたげ、気

の弱いジイさんやバアさんに向かって、あれやこれやと指示するようになり、みんなからけむたがられてるという。近所のジイさんも、

「あそこの婆さんがくるといじめられるから、わしゃ行かん」

とダダをこね、嫁さんがそれをとりなすのに大変だという話をきかされた。

「やっぱりねえ」

私たち母娘《おやこ》は顔をみあわせてタメ息をつくばかりである。

なにしろ八十六歳のモモヨ婆さんの頭の中はゲートボールでいっぱいなのである。

ハルエがウールの布地を送ると、

「あれでゲートボールにはいていくズボンができる」

といってよろこび、私がズダ袋をプレゼントすると、

「これはゲートボールにちょうどいい」

といってみんなにみせびらかしているのである。

「せっかくつくった喪服、いつ着るのかしらねえ」

ハルエはいまだ着るあてのない着物を出してきてそういう。

「やだねえ、そんなの着ないほうがいいに決まってるじゃない」

そういうと、

「まあ、そうだけどね。ありゃ、ただの元気じゃないわ」

伯母《おば》の話によると、モモヨ婆さんは、

「あたしゃ、九十二歳でゲートボールの球打った瞬間にポックリ死ぬことに決めとる！」

とわめいているそうである。

奴隷が賢弟になる日

私に四つ違いの弟がいるというと、必ず、

「どんな性格の方ですか」

ときかれる。

「そうですね、顔は似てるっていわれますけど性格は正反対ですよ。弟はコツコツ型で頭はいいんですけど、ボーッとしてるというか、内向的ですから」

そう答えると、

「ああ、やっぱりねえ、お姉さんがこうですもんね」

と奥深い発言をして、私を混乱させるのである。

「ところで顔は誰に似てますか、俳優とか、歌手とか……」

「………」

正直いってそうきかれるのが一番困るのだ。大学を卒業するまで、弟がソックリだったのは、欽どこに出ている見栄晴君だった。テレビを観るたんびに、口には出さねどひそかにそう思っていた。ところが社会人になってはや五年、責任を持たされるようになると少しは顔にもしまりが出てきた。その結果、現在は泉麻人氏の容貌《ようぼう》にまで進歩したのである。男も自信が出てくるとどんどん顔が変化していくということを、つくづく感じるのである。

私はことごとく弟と比較されて育った。うちの弟ヒロシは、誰の目からみても性格がいいという長所をもって生まれたからであった。近所の人も、

「まあ、本当にヒロシちゃんは素直でやさしくておりこうないい子ねぇ……おねえちゃんのほうはねぇ……いつもねぇ……元気ねぇ」

はっきりいって女ガキ大将だった私は嫌われ者だったから、別段そういわれても内心、

「フン」

と感じるくらいで嫉妬《しっと》とかいうものはなかった。私には力があった。これは子供たちの中で驚異的な威力があった。ヒロシは一歩外に出ると何者からも自分を守れないということを知っていたから、愚かな姉でもすり寄ってきて一目も二目も置いていたのであった。私がいばりくさって道を歩くと、そのうしろから私の上着をしっかと握って、あたりのようすを気にしながらくっついてくる。

「おまえ、手を離すと奴らにブッ殺されちゃうんだからな」

そうおどすと、ヒロシはいつもおびえた目をしてこっくりとうなずくのだ。そうい

う調子で私はヒロシをお尻《しり》にくっつけて歩いていた。

家の中でヒロシは私の欲望のハケ口となった。親に怒られて面白くないと、部屋の隅っこにいるヒロシのところへいって何もいわずにパカーンと頭をひっぱたいた。もちろん、

「ぴえー」

と泣くのだが、それをかまわずうつぶせにしてヒップドロップをぶちかますのである。手足をバタバタさせてギャーギャーわめき散らすのもかまわず馬乗りになり、手足をねじまげたりしてもてあそんでいた。

「またそんなことしてる！」

母親が鬼のような形相で仁王立ちになっている。右手には竹の輪っかで作られた布団叩《たた》きを握りしめ、すでに目はつり上がっている。あまりのことにさっきまで泣きわめいていたヒロシもピタッと泣きやみ、口をあけたままボーッとしているのだった。

「ホントに、いつもいつも何やってんの‼ 弟ばっかしいじめて。外に出ればばかわいがってるんでしょ！ どうして家の中でもそうやってやれないの！ ヘタすると死んじゃうんだよ！ ヒロシも男の子のくせにどうしてピーピー泣くの！ やられてばっかりでくやしくないの、たまには一発おねえちゃんのことブン殴ってやりなさい！ そんな弱虫じゃしょうがないでしょ‼」

母親は布団叩きをふりまわしながらどなった。私たちはあっけにとられて、興奮状態にある母親の姿を冷ややかにみつめていた。

「毎日毎日ギャーギャーわめいて！　あんたたちは赤ちゃんの時に石神井川《しゃくじい》からカゴにのって流れてきたんだよ！　また川に放りなげるぞ！　それでもいいのかあ！」

我が母は興奮の極致にいてとんでもないことをわめき出した。弟はこのことばをきいてしばらく、

「うー」

と小声でうめいていたが、突如、

「ぎゃー」

といって泣き出した。顔はまっかっかの鬼瓦《おにがわら》で、どういうわけかそばに寄ってきてしっかと私の手を握りしめたのであった。耳元でギャンギャン泣くものだから私の耳の中はジーンとしびれた。母親も相変わらず目はつり上がっていたが、息子の泣きわめく迫力に押され、肩で息をしつつ私たちをみていた。弟の泣きかたはただものではなかった。顔を真赤にしながらずーっと泣きつづけていた。お尻のところにプラグがついていて、まるで電気じかけではないかと思われるほどそれは持続した。

「あー、わかったわかった、もういい、もういい」

母親は自分がまいた種があまりに大きな結果になったので、うろたえつつ台所に去

っていった。弟はヒックリシャックリやっていたが少し落ち着いたようで、タタミの上に寝っころがってゴロゴロしていたが、そのうちに眠ってしまった。

弟は異常なほど無口だった。私が一〇〇喋《しゃべ》るとしたら、〇・一くらいしか口を開かないのである。それは子供のときからずっとそうだった。故・大平首相のようにアーとかウーとかいえばそれをすばやく母親が感じ取り、喋る前にすべて準備万端調え、弟が説明しなくても望むものがすべて目の前に置かれたからであった。つまり弟は、母親の目の中にいれても痛くない〝ボクチャン〟だったのである。私がころんでヒザをすりむいても、

「そんなもん、ツバをつければ治るんだよ」

といっていたくせに、弟がころぶと、骨折しているんじゃないだろうかと抱きかかえてオロオロするのだった。

そのおとなしくてかわいいボクチャンが小学校に入ると大変であった。何しろ他人のペースにあわせることを全くしない。給食も黙々とマイペースで食べ、五年生、六年生のお兄さんお姉さんたちが掃除をしに来てくれていても、一人だけ机に座ってパンをゆっくりたべている。何しろ一年生の連絡帳にはただひとこと、

「もう少し給食をはやくたべるように、おかあさんからいってあげて下さい」

と書いてあったほどノロいのである。おまけに当時はまるで山下清画伯の小型版と

いった風貌《ふうぼう》だったため、それがその印象をより深めていたのであった。

ある日、家で小学校の入学祝いをした。不二家のショートケーキとバナナを私たちは食べ、親はハチハニーワインを飲んでいた。私は小さなグラスに入ったワインをじーっと見つめているうちに、またムクムクと攻撃的な性格が頭をもたげてきた。そして親が部屋にいなくなるのをみはからって弟に、

「これおいしそうだから飲んでみない？」

といった。弟は首をかしげて少し考えてから、

「うん、飲む」

そう元気よくいってグラスを手にした。少しずつ飲むのかと思っていたら、一気にガバッと口の中に流しこんだのでびっくりした。

「もう一杯飲む」

そういって弟は自分でドボドボとワインをつぎ、ガバッとまた口の中に流しこんだ。

「大丈夫？」

私は心配になってきいた。

「うー……」

だんだん呼吸が荒くなって目がすわってきた。フーッと息をはいてあお向けにゴロンと寝っころがり、しばらく足をバタバタさせていたと思ったら、急に大声で、

「ケケケケ」

と笑い出した。目の玉がとび出そうになってしまった。明らかに性格が変わっていた。

「おねえちゃん、ケケケッ」

笑いながら私にすり寄ってくるのである。私がそーっと逃げると、それにめげず、一人でキャッキャとたのしそうに騒ぎながら部屋の中をピョンピョンはねまわっている。えらいことになったと思った。ペラペラと上機嫌で何事か喋ったり笑ったりしていたと思ったら、今度はタンスの引き出しをあけ、自分のパンツを頭にかぶり、

「パンツー、パンツー」

と明るくはしゃぎながら、家の中を行進曲にあわせるかのように二拍子のリズムで歩きまわりはじめたのである。その姿をみたときの母親の驚愕《きょうがく》した顔はすさまじく、目をつり上げ口を開けたまんま、ボケーッとパンツをかぶって行進している息子の姿を目玉だけで追っているのだった。

「あんた何したの!!」

すでに部屋の隅に退散していた私のもとに母親はかけ寄り、私の頭に一発平手打ちをくらわした。

「えーと……あれのませたの……」

「えっ！　あれって、お酒⁉」

テーブルの上のグラスを指さす母親を上目づかいに見つつ、小さくうなずいた。

「あんたって子は本当に……本当に……」

そういって声をふるわせる母親のうしろでは相変わらず、

「パンツー、パンツー」

という明るい声がしている。

「小さい子にお酒のませると、バカになっちゃうんだからね‼」

母親はパンツをかぶっている弟を横抱きにして水をたらふく飲ませ、むりやり布団をしいて寝かしつけてしまった。

「今度こんなことしたら承知しないよ‼」

私はもう一発母親にブン殴られた。私だってビックリした。あのおとなしい弟がお酒をのんで、あんなことをするなんて思ってもみなかったからである。母親にはそういわれたが、腹の中では面白かったからまたやってやろうとひそかに決めていた。

酒を飲むと明るく変身してしまうということはあっても、小学校のときは成績は中くらい、無口で全然目立たない子だったが、どういうわけか中学校に入学すると異常なくらい勉強ができるようになってしまった。母親はボクチャン、ボクチャンとより以上に弟を猫っかわいがりして、偏差値五十二の私に向かって、

「少しは弟をみならったらどうだい」

というのである。そういわれていつも私は、

「フン」

と思っていた。私は弟の弱みを知っていたからである。

ボーッとしている弟にも春のめざめはやってくる。弟の悩みはただ一つ、〝顔が悪いこと〟であった。私の友人のなかには、

「あんたと弟さんはソックリね」

という人間もいるが、そういう意見は無視することにしている。で、ともかく〝顔が悪い〟のである。目は一重、鼻は低く、おまけに中学時代はニキビの花盛りで、どう欲目にみてもカッコイイにはほど遠いタイプであった。どうすれば女の子にモテるか、彼は彼なりに考え、結局、柔道とサッカーとバドミントンのクラブに入るという、とてつもないことを考えついたのであった。

当時、男の子はどんなに顔がよくても頭がよくても、運痴《うんち》だったら女の子にはモテなかった。そのかわり多少顔に難アリでも、スポーツができれば女の子の羨望《せんぼう》を集めるのは簡単だったのである。

弟は授業が終わると狂ったようにクラブの部室をかけまわり、タタミの上に転がったり球を蹴《け》ったり羽根を叩《たた》いたりの忙しい毎日を送った。しかしそれは、徒労に終わ

った。母親はバレンタイン・デーが近づくと、

「今年はチョコレートもらえるかねぇ」

と単なる話のついでという感じにしていう。そういわれると弟はスーッと音もなく立ち上がって自分の部屋にいき、パタッとフスマを閉めてしまうのである。そういう弟の姿をみて母親はハーッとため息をつき、

「年ごろなのにどうにかならないのかねぇ」

そう私にむかっていう。

「そんなこと私にわかるわけないじゃんか」

せんべいをボリボリかじりながら答えると、母親もまけじとせんべいに手をのばし、

「そうよねえ、あんたにわかるわけないわさ、自分だってどうにもなってないのにね、ケッケッケ」

大きな口でバリバリせんべいを食《は》む。部屋に戻って弟が何をしているのかというと、小さな鏡を前に必死でニキビつぶしをしているのである。私はこっそりフスマのすきまからのぞきをしてしまい、この事実がわかってしまったのだ。そういう弟に対して母親は、

「いつになったらガールフレンドをつれてくるのかい」

と真顔でたずね、そのたんびにかわいい息子に無視されガックリしていた。

「ねえねえ、まさかヒロシはホモじゃないだろうね」

唐突に母親はいった。

「さあね、今どきの子はわかんないからね」

私が平気な顔していうと母親は身をのり出し、あのくらいの年頃の子はエロ雑誌とかヌード写真とか、親がビックリするようなしろものをもっているものだが、ヒロシの部屋には何もない。あれは正常な男としておかしいというのである。

「そうかもしれないね、女に興味がないんだったら。それだって別にいいじゃん。個人の自由なんだから」

「あんたも男っけが全然ないし、ヒロシもああだし、私の産んだ子はレズとホモだったのか……」

単純にそういう結論にいきついた母親は再び首をうなだれてため息をつくのであった。私は弟が女の子にいい寄っている姿など想像できなかった。幼いころからのトロさというのは全く変わらず、

「えーと、あのー」

といっている間に別の男にとられるに決まっているからだ。しかしその後、弟の本棚から『135人の女ともだち』が発見され、弟のホモ説は打ち消されたのであるが、私のほうはいまだに疑いをもたれているというのが困った問題である。

中学時代スポーツに生きがいを見出《みいだ》していた弟はどういうわけか、高校に入ったとたん突如ギターに目ざめてしまった。ジョン・マクラフリンだのアル・ディメオラ、渡辺香津美のレコードを日がな一日かけっぱなしにして、それにあわせてフェンダー・ストラトキャスターやら、高級手工芸品ギターをかきならすというギター少年に変身してしまったのである。スポーツをやっても女にモテないので、今度は捨身でギター片手に女の子の気をひこうと思ったのか知らないが、フスマに閉ざされた部屋の中で憑《つ》かれたようにギターをかきむしっていた。

「これは暗い……」

私も少々心配になってきた。なにしろ朝早く起きてパジャマ姿でギターをかきむしり、学校から帰るやいなや再びギターをかきむしり、食事のあとにもまたひとかきむしりといった具合で、ギターが手から離れたためしがないのだ。よくよく考えてみると、弟は物にすぐのめりこんでいくタイプなのだ。だから一つの快楽を知ってしまうと、泥沼の中に入ったようにズルズルとひきこまれてしまうのである。

弟がギターをかきむしり続けてはや二年半、受験をひかえたある日、ふだん無口な弟が爆弾発言をした。

「ボクはバークリー音楽院へいくんだ！」

そういわれた母親は、バークリー音楽院が何たるかも知らないまま、普通の大学を

受験しないという宣言にただ腰を抜かし、

「あんた何とかいってよ。ヒロシは私のいうことはきかなくても、あんたのいうことはきくから、ね、たのむから」

と私にすがりついてきた。私は内心ムフフフとほくそえんでいた。さすが幼児体験は根強く残り、家の中で私が弟の肉体をもてあそんだことよりも、外で敵から守ってやったことのほうが記憶にあり、何かのときは親よりも私のほうをたよるのであった。

「まかしといてちょうだいよ」

そういって私は弟の部屋のフスマを開けた。

「あんたバークリー音楽院受けるんだって」

弟はこっくりとうなずいた。

「うん。ボク決めたの。これから一年間ピアノを勉強してバークリー音楽院を受けるんだ」

すでに目は輝き、秋吉敏子《としこ》や渡辺貞夫《さだお》につづけとばかり、机の上には数学や物理の参考書のかわりにバッハのインヴェンションやジャズ・インプロヴィゼイションといった楽譜がつみ重ねられ、ギターの横にはおびただしい数のオープンリールテープがころがり、せまい四畳半はすでに音楽レッスン室と化してしまっていた。

「バークリーもいいけどね、あんた、そこ卒業してからどうするの」

「ずっと音楽やっていくよ」

「今はね、テクニックの時代じゃないの、わかる？　テクニックはなくても顔が良ければ売れるの。あんた自信あるの？」

「…………」

たったひとつの救いは、弟は誠に素直な性格だということである。自分の容貌《ようぼう》の状態をまっとうに把握しているので、私がそういってても反抗せずにじーっと考えているのである。

「ね、わかった。せっかくバークリーを出たって売れなきゃしょうがないじゃないか。一番好きなことは金儲《かねもう》けの種にするのやめたほうがいいよ」

「……うん」

弟はボソッといった。フスマのむこうできき耳をたてていた母親は音が出ないように手を叩いて、

「やったやった、さすがおねえちゃん、よくやってくれました」

とニカニカ笑っている。そう、弟は何でも私のいいなりになる奴隷なのだ、フフフ……と実に気持ちがよかった。

その後、弟は某国立大学を卒業し、エレクトロニクスの研究所に籍を置く技術屋となった。社会人になって弟がのめりこんだもの、それは蓄財であった。たまたまテー

ブルの上に転がっていた通帳の残高を母親がみて二百万あるのに仰天して帰宅した弟を問いつめ、資産公開を迫ったところ、郵便貯金、銀行預金含めて二十七歳現在で九百万も持っていたのである。

「ああ、これで老後は安心だ」

と母親はおめでたくそう思っている。いったい何のために金を貯めているのかときくと、

「知らず知らずのうちに貯まっちゃう」

のだそうである。いずれは国立《くにたち》に4LDKのマンションを購入し、一部屋は自分の寝室、一つは猫のための部屋、一つは書斎、一つはスタジオにするのが夢だそうで、先日その計画を知った母親は大あわてにあわてて、そのうちの一部屋でいいから自分のために空けてもらえないかと息子に媚《こ》びている毎日である。

私ははやく弟が結婚すればいいと思っている。このテのタイプは簡単にコロッと年《とし》増《ま》の財産目あてのテクニシャンにだまされて一生を棒にふることが多いからだ。

「いいかい、おねえちゃんみたいな女にダマされるんじゃないよ」

相変わらず休日にはギターをかきむしっている弟と、その横でそういう発言をする母親の姿をみて、私は自分が劣等生でよかったなあとつくづく思うのである。

お医者さんごっこの行きつく所

私は小学校の低学年のころ、応接間というものにあこがれていた。少女マンガに登場するお金持ちの家には、必ず豪華なシャンデリアが下がっている応接間があった。フカフカのソファにじゅうたん、おまけに庭が芝生で真白いスピッツがいれば完璧《かんぺき》だった。私は夢のような応接間がマンガに出てくるたびに、色鉛筆でその部分だけぬり絵をした。それをじっと眺めながら、

「わたしの家もこんなのだったらいいのにな」

といつも思っていた。なんせ我が家ときたら、天井からは瀬戸物のカサをかぶった電球がブラ下がり、ちゃぶ台の前にへたりこんで御飯をかきこむという生活だった。おまけに庭には芝生どころか、雨が降ると近所の公園の池からゲコゲコと無数のガマガエルが徒党を組んでくり出してくるのだ。じゅうたんが敷いてある家はとてもお金持ちと思っていた。

ある日、同じクラスのサトシ君が学校からの帰り道、得意そうに、

「オレんち建てかえてんだぞ。今度はいっせんまんえんの家なんだぞ」

とそっくりかえっていった。一緒にいた友だちと私はおったまげて思わず、

「ひえーっ、いっせんまんえん！」

と唱和してしまった。サトシ君はどんどん図に乗り、

「石でできた門もあるんだぞ。おまけに犬小屋も作って、そして玄関がドアで、門からそこまではずーっと石の道が続いてるんだぞ。車庫だってあるんだから」

とスキップしながらいった。そういう話をきいて、私たちはお互いの目をみながらだんだんうつむいていった。私の家だってみんなの家だって大して変わらず、庭は土、サザエのカラでまわりを囲った花壇には、学校からもらったチューリップの球根がヒョロヒョロと芽を出し、玉子のカラがその根元に伏せてあるという、何の色気もないというか、どの家もそんなことにかまっていられない時代だった。サトシ君のお父さんはパイロットだった。それも私たちの羨望《せんぼう》の的だった。でもサトシ君は二言目には、

「オレんとこのお父さんパイロットだぞ」

と自慢するのでちょっぴり嫌われていたが、彼のところに遊びにいくとお菓子がドッサリ出るので、みんな彼と仲良くしていた。

しばらくして、帰り道サトシ君がニヤニヤ笑いながら、

「オレんちできたぞ。いっせんまんえんだぞ」

と、またいった。

「すっげえなあ」

いつも青バナをたらしているススム君がいった。

「ウチに来るか、フランスで買ってきたお菓子だってあるんだからな」

サトシ君は再びそっくりかえっていった。私たちはフランスのお菓子ときいただけで頭に血がのぼり、ヨタヨタしながらサトシ君のあとにくっついていった。

サトシ君はウソをついていなかった。石でできた門柱が両脇に立ち、玄関まで石畳が続き、広い庭には青々とした芝生、ゴルフ練習用のネットまであった。そして重い木のドアを開けると、玄関の中にはコロコロしたスピッツの小犬までいるのだった。

「……………」

私たち貧乏人の子供はただ物珍しくキョロキョロしていた。廊下もリンレイワックスの広告みたいにピッカピカで、走ると転びそうだった。

「上がれよ。ススム、お前、足汚くないだろうな」

サトシ君にいわれて、ススム君は上がる前にいっしょうけんめい靴下をみていた。

「ママー、ただいまあ」

サトシ君がそういったのと同時に、お母さんが奥から出てきた。お母さんは面長な顔立ちで、髪の毛を肩のあたりでフワフワッとカールさせていてきれいな人だった。

「みんな、ウチみにきたんだよ」

サトシ君は私たちを指さしていった。

「こんにちはー」

私たちは上目づかいにしてペコッと頭を下げた。

「まあ、わざわざきてくれたの、どうもありがとう。あとでお菓子もっていくから部屋で遊んでれば、ね、イヒヒヒ」

お母さんはとても素敵な人なのに、笑い声がイヒヒヒときこえるのだった。私は心の中で、あんな笑い方しなければもっといいのになあと思っていた。サトシ君はガイドさながらに私たちをひきつれて家の中を案内した。八畳の床の間のある和室、そして羨望の応接間。そこに敷いてある五センチも毛足のあるじゅうたん、シャンデリア、れんがで作ってある暖炉、足がついた家具のようなステレオ、そして一方の壁一面の棚にはいろいろな品物が飾ってあった。

「これはお父さんがアフリカで買ってきたんだぞ」

そういってサトシ君はソファの上に立ち、背のびして高いところにある木彫りの人形をとろうとした。

「あぶないよ」

「へーき、へーき」

といったとたん、バタッとその人形は落下し、ボコッと音をたててサトシ君の脳天を直撃した。

「あっ」

サトシ君は小さい悲鳴をあげた。私たちはびっくりしてお互い顔をみあわせ、口々に、

「大丈夫？」

といったが、正直いって腹の中では少しいい気味だと思っていた。

「うー、いてぇ」

しばらくサトシ君は頭をかかえてうずくまっていたが、

「落ちないと思ったんだけどな」

そう小声でいって頭をさすった。目には涙が溜《たま》っていた。床にはデカい口をあけて笑っている木彫りの人形が転がっていた。

「ホラ、あの右から二番目がソビエトの。その次がフィンランド、その次がカナダ……」

まるで世界地図の勉強をしているかのように外国の名前が出てきた。私たちはソファに座ってポンポンとお尻《しり》をはずませながら、ただうなずいてそれをきき流していた。

「はいはい、お待たせしました、さあどうぞ」

お母さんが大きなお盆を持ってやってきた。そこにはいろんな形をしたクッキーと

ココアがあった。

「これはパパがきのうフランスから帰ってきたときのおみやげなのよ、どんどん食べてね、イヒヒヒ」

私は一人一人別々の小さなお皿に盛られているクッキーや、花模様のきれいなカップに入っているいいニオイのするココアを目の前にして、だんだんわびしくなってきた。そのクッキーを一口食べるとバターの香りがした。いつも食べていた英字ビスケットやゼリービーンズよりはるかにおいしく、何ともいえない味がした。ココアも〝狼少年ケンのココアとは全然ちがっていて、本当にチョコレートがとけているようだった。〟

「このココア、バンホーテンだぞ」

またサトシ君がいばった。私たちは黙ってただクッキーをパクついていた。たしかにここにいると楽しいが、これから帰らなければならない自分の家を考えるとむなしくなった。最初はしゃいでいたスズム君もだんだん無口になり、テーブルセンターのまわりについている房を手でいじくりまわして真黒にしていた。何となく気まずくなって、私たちはココアを飲むとそそくさと帰っていった。

「また、いつでも遊びにいらっしゃい、イヒヒヒ」

お母さんはそういって門のところまで出て見送ってくれた。

うちのガラガラと開ける戸がみえたら、ますます気分は沈んできた。

「ただいまー」

「あんた、また寄り道してきたね！　一度家に帰ってから遊びにいけっていってるでしょ、何度いったらわかるのよ！」

髪の毛をひっつめにして割烹着《かっぽうぎ》を着た母親が、とりこんだ洗濯物を手にしたまま部屋からとび出してきてどなった。

「サトシ君ち、いっせんまんえんなんだよ。やっと家が建ったから遊びにいってたの。すごいよ。おやつにね、フランスのお菓子食べたの」

「ふーん。そうだ、まだあんたの分のおやつ残ってるよ」

「なあに」

「ふかしイモ」

「…………」

私はうつむいて自分の部屋に入り、パタッとフスマを閉めた。

ある日、私が八百屋のキョウコちゃんと家で遊んでいたら、サトシ君が突然やってきた。

「あれえ、どうしたの」

私がそういうとサトシ君はポケットからくしゃくしゃの紙袋を黙ってさし出した。

中をあけてみると、そこには半分くずれたビスケットが入っていた。

「何これ」

「ボク、ここで遊んでてもいいかなあ」

よくサトシ君の顔をみると、泣いたようなあとがあった。

「いいよ、キョウコちゃんもいるから一緒に遊ぼう」

私たちは三人でキャッキャッ騒ぎながらダイヤモンド・ゲームをしたり、トランプをしたりしていた。しばらくするとサトシ君が、

「お医者さんごっこをしよう」

といい出した。私はどういうわけかとっさに、

「じゃあ、私、看護婦さんやる！」

といった。お医者さんごっこの場合、脱がされるのは患者だけで、もちろん看護婦にはその被害は及ばない。要領の良さの片鱗《へんりん》は子供のころから芽生えていたのだった。かわいそうにちょっとトロいキョウコちゃんは患者になった。

「はい、聴診器で体を調べますから服脱いで下さい」

キョウコちゃんはおとなしくブラウスをぬいで、座布団を二枚しいただけの簡易ベッドの上に横になった。私が、ミシン用の糸巻きをサトシ君に渡すと、それを聴診器のかわりにしてキョウコちゃんの胸をポンポンと軽く叩《たた》いた。キョウコちゃんはクク

クッとくすぐったがって笑った。

「こら、笑っちゃだめ」

サトシ君は神妙な顔をして、今度は指先でポンポンと同じことをやった。

「ウーン、お腹をこわしてますねえ。お薬をあげましょう」

そういって私のほうにむかって手を出すのだ。私はあせってしまい、タタミの上に散らばっていたおはじきをわしづかみにしてサトシ君に渡した。サトシ君はそのおはじきを右手に握り、

「はい、お薬をあげましょう」

といってキョウコちゃんのスカートをパッとまくり、パンツをズリ下げて、持っていたおはじきをその中に全部放りこんでしまった。

「わーっ、冷たいよー、冷たいよー」

そういってキョウコちゃんは足をバタバタさせ、おはじきをパンツの中に入れたままオンオン泣きながら家に帰ってしまった。私とサトシ君は横目でお互いをみながら黙っていた。

「オレ、帰ろーっと」

サトシ君はすっくと立ち上がり、バタバタと駆けていった。私はとても恥ずかしいことをした気がして自己嫌悪に陥った。次の日学校にいっても、キョウコちゃんやサ

トシ君と顔を合わせられなかった。しかし、キョウコちゃんは全く気にしていないようすで、

「あたしサトシ君とお医者さんごっこしたの三回目だよ」

という。よく話をきいてみると、サトシ君は女の子ばかりの中で遊ぶと必ずお医者さんごっこをするらしいのだ。パンツの中におはじきを入れるくらいは序の口で、なかにはピーナッツをマル秘部分にいれられそうになった女の子もいるというのをきいて、私はビックリしてしまった。

「サトシ君はいやらしいよ」

そういいながらもキョウコちゃんはニコニコ笑っていた。私はもうサトシ君と一緒に遊ぶのはやめようと思っていた。

それから間もなく、私は父親の気まぐれで引越すことになり、駅二つ離れた小学校へ転校した。もちろんキョウコちゃんともサトシ君とも会うことはなくなった。

ところがそれから何年かたって、私とサトシ君はとんでもない再会をすることになった。私はすでに高校生になっていた。親友のマリコちゃんが通っている高校の文化祭へ行ったとき、校門のところで一人ボケーッと立っている男の子の姿があった。お互い目が合ったと同時に、

「あっ」

と叫んで指さしてしまった。サトシ君は背も伸びてニキビヅラになったが、鼻のつぶれ具合は昔と全然変わってなかった。私たちは、

「あーあー」

としかいわなかった。そこへマリコちゃんがやってきて、

「何やってんの」

と不思議そうな顔をした。偶然にも彼とは同じクラスなのだという。

「あたしねえ。この人とお医者さんごっこしたことあるんだよ」

とサトシ君を指さしていうと、彼はハッとした顔をして静かにいずこかへと去っていった。

マリコちゃんは、

「あの人、医大志望なのよ」

そういってクスクス笑っていた。その後サトシ君は、実家の財力を活かして某私立医大に入学した。私はその話をマリコちゃんからきいて、やはり人間には適材適所があるとひどく納得したのだった。

マリコちゃんから又聞きした話によると、医大在学中の彼の行動はメチャクチャであったらしい。

その大学の系列の学校の身体検査には必ず彼らがよばれる。幼稚園から高校まで女

子だけの学校だが、どうせ同じことをするのなら幼稚園児よりも高校生のほうがいいに決まっている。そこで男同士の壮絶な闘いがくりひろげられる。まず第一段階として、何の手段により、誰がどこにいくかを決定するためのジャンケンが行なわれる。個人個人、じゃんけんが強い人、アミダに強い人、サイコロなどいろいろあるため、まずそれでもめるのである。もちろんその時によってアミダになったりジャンケンになったりするのだが、サトシ君はどういうわけかいつも幼稚園。よくて小学校どまりで、

「くそー、あいつは高校生を二回もみている」

と憎々しげにクラスメートのことをののしっているのだそうだ。

「あーっ。あの先生またきたー」

と幼稚園児にはすこぶる評判がいいらしいのだが、実際本人の腹の中は、

「何でオレばっかりこんな目にあわなきゃならないんだ」

と悲しくてしょうがないらしい。そのたびに、

「来年は絶対がんばるぞ」

と固く決意するのだが、そっちの方は全然恵まれなかったようだ。

今、彼は産婦人科の医師である。医者のくせにボーッとしていて、夏、愛車のRX—7の後ろの座席に自分の子供を座らせておいて日中都内を走りまわり、さあ家につ

いたと座席の息子を車から降ろそうと思ったら、坊やは口を半開きにしたままボーッとしている。様子が変だと思ってあわてて診てみると、ガラス越しに直射日光に当たっていたため、軽い日射病になってしまったのだった。奥さんにはドナられ、仲間からは医者にあるまじき行為とののしられ、それからは日中出かける時には車中でも坊やに帽子をかぶせているのである。

マリコちゃんの離婚事件以来、私たちは電話でたまに話すようになった。

「あんた、子供のころのお医者さんごっこの夢が実現してよかったね」

というと彼の声は暗い。

「バカいうなよ。まあ、最初はオレもうれしかったのはホントだけどさ……」

私たちが考えるようなことは医者の世界ではないようであるが、彼に限っていえば、幼いころキョウコちゃんのパンツの中におはじきをつっこんだのを目撃しているため、何をきいてもどうも信じ難い。

「こんなこといっちゃマズイけどさ、オレ、たまには病気になっていないのだって見てみたいよ」

などと大胆な発言をする。そのせいかどうか知らないが、このあいだも、新しい裏ビデオが手に入ったからはやくベータのビデオも買え買えとうるさい。

「独身生活の刺激にどお？　ピーマンやナスが出たり入ったりしてるヤツなんだけど

さあ。それが嫌だったら洋ものもあるよ。とにかくビデオがなきゃ話にならないからさ……」

と必死に誘惑する困ったヤツなのである。

Bランクを狙え！

小島君は私の初恋の人である。考えてみれば、それまでにも初恋と呼べるものはあった。幼なじみの近所のお寺の息子の正君、小学校の同級生、外交官の息子の中川君、その時は幼心にも、

「ああ、これが大人のいう初恋というものなのか」

と思っていたのだが、やはり思春期に人を好きになるインパクトは、それまでとは全く違うのである。しかし不幸なことに、私はとてつもないデブだった。体格がいいなどという誉めことばもない、単なる〝デブ〟なのだった。母親が当時をふりかえって、

「親であることが恥ずかしくなるくらい太っていた」

というほどだったのである。だからデブは恋もできずひっそりとしていなければならなかった。恋をする以前に恋をする資格のうちの一つが欠けているので、その勝利者になるためには相当の努力が必要だった。それは何かというと、ただひとつ一番困難な、

「やせる」

ことだけだったのだ。男の子たちも私と個人的に親しくすることは避けているようだった。一緒に帰ったりしたらもう大変、一夜のうちに電話連絡網でその噂は広まり、恥をかくことが必至だったからである。だから私のまわりに寄ってくるのは私よりももっともっと太っている、体重が一〇〇キロ近くはあろうかと思われる男の子ばかりだった。彼らは見かけはともかく、私にとっても優しくしてくれた。同病相憐《あいあわ》れむで、デブ同士仲良く帰ったりもした。ところが私は、それだけでは満足しなかったのである。私のなかには男のランキングというものができていた。特A（頭も顔もスタイルもいい男で私にはしょせん高嶺《たかね》の花なので、遠くから眺めてため息をつくだけ）、A（顔はいいが頭かスタイルにやや難あり）、B（すべてふつうの平凡な子）、C（頭はいいがその他に難あり）、D（救いようがない）とあって、私に親切にしてくれた男の子はCランクだった。そこでおとなしくしておればよいものを、

「もしかしてちょっとがんばれば、AかBの男の子も私のことを相手にしてくれるかもしれない」

と期待をして、おのれの可能性に賭《か》けてしまったのだった。それからはA、Bランクの男の子にも気軽に声をかけることにした。なかには相変わらず私のことを無視する男の子もいたけれど、私が思っていたほど彼らは意地悪ではなかった。特に小島君

は優しかった。彼はハンサムとはいい難い顔であった。アダ名は〝朝帰り〟で、いつものんびりおっとり、ボーッとした顔をしていた。今から思えば、

「歯の出てない色黒の明石家さんま」

のような容貌《ようぼう》だった。彼はいつも一時間目がおわってから学校にきた。授業と授業の十分の休み時間に、文字どおり朝帰りの顔で、

「おはよー」

といいながら教室に入ってくるのであった。彼は私が話しかけても、いつも誰とも変わらぬ態度で接してくれた。なかには美人とそうじゃない女の子を歴然と差別するのがいて、私が何か用があって話しかけても逃げ腰で、ろくに相手をしようともしないのだった。私は腹の中で、

「このやろう。なんであの子と話してるときとあたしのときと、こんなに態度が違うんだよ！」

と怒っていたが、すべてデブが悪いのだとあきらめていた。それゆえ考え方はだんだんと過激になっていった。だから、あのダンプ松本があのようになったのはとてもよくわかるのである。

その日、私は体育の時間に鉄柱にヒザをぶつけ、そこにとび出ていたネジでヒザ小僧を切ってしまい、包帯を巻いていた。少し足をひきずってペッタリペッタリ歩いて

帰ろうとしたら、向こうから小島君がやってきた。相変わらずボーッとしていた。すれちがいざま私が、

「さよなら」

といったら、何と彼は、

「さよなら、気をつけてね」

といってくれたのだった。私はおどろいてふりかえった。彼はボーッとした雰囲気をただよわせたまま校舎のほうへ歩いていった。私は口の中で、

「気をつけてね、気をつけてね」

とブツブツいってみた。涙が出そうになった。それまで十六年間、私は男の子に優しい言葉などかけてもらったことはなかった。

「デブ、暑くるしいからあっちへいけ」

だの、毎度おなじみ、

「デブデブ百貫デブ、電車にひかれてペッチャンコ」

だのいわれたことはあっても、このような言葉は誰もいってくれなかった。

「彼は私が包帯をまいている間じゅうずっと心配してくれるかしら」

と思った。この包帯が茶色く変色してもずっとこのままでいたい、と思った。私は、

「気をつけてね」

という言葉を頭の中でくりかえしながら、スキップして帰りたい気分になった。

それから彼は、私の中でとても大きな位置をしめるようになった。それまでは、

「いつも遅刻してくるボーッとしたふつうの男の子」

だったのが、一夜にして私の王子様になってしまったのである。私はこのことをぜひ友だちに話そうと思い、昼休みに隣りのクラスの、ミエコちゃんのところへいって、

「私、好きな人ができた」

と話した。彼女はひえーっとおどろき、

「ねえ、誰、誰、私見たい、見たい」

と目をランランと輝かせながらいった。私は黙って、校舎の入口が一番よくみえる場所に彼女をひっぱっていき、

「いま校庭でサッカーやってるのよ。もうすぐ五時間目が始まるから、入口のところにきたら教えてあげるね」

といった。彼女は、

「わ、どんな人かな、ねえ、かっこいいの？」

といろいろ質問してきたが、私はただニヤニヤしていた。しばらくするとチャイムが鳴り、砂ボコリとともにみんなが校舎の入口にむかって歩いてきた。小島君は友だちと二人でやってきた。

「ほら、あそこに二人いるでしょ」

「うんうん、わかった。あら、ハンサムじゃないの。よくみっけたわねえ。えっ、同じクラス？　あんな子いたっけ？　私知らなかったわあ。でもカッコイイわよ、あの子」

とミエコちゃんは絶賛する。最初は鼻が高かった私もあまりに彼女がほめまくるので、少しおかしいなと思いはじめた。小島君はたしかに優しい。しかし容姿は、そんなに絶賛するほど良くないのである。

「そんなにカッコイイ？」

心配になってきいてみた。

「うん、あれはいいわ。近頃まれにみるヒットですね」

ミエコちゃんはきっぱりという。私は小声で確認した。

「あそこに二人いる子たちだよね」

「そうだよ」

「そうか。あんたどっちの方のことといってるの？」

「えっ、どっちって、右の子じゃないの」

「………」

小島君はそのときボーッと左側を歩いていたのだった。私の顔がひきつっているの

を見てミエコちゃんは、

「あら……そうなの……フーン」

と冷たくいったっきり黙ってしまった。そうか、他の女の子も彼の容姿に対しては同じような印象を持っているのだな、と思うと少し淋《さび》しかったが、敵が少ないほうが勝率は高い。私は太った体にムチ打ってがんばることにしたのであった。

まずはじめに考えたのは、なるべくお話する機会を多くもつことだった。しかし今、私の席は前から二番目、彼は一番うしろ、何の接点もないのだった。ところが、私のクラスは二か月に一度席替えをするのであった。私は何とか彼の近くの席になりたいと思った。クラスの誰かにこの恋をうちあけ、裏から手をまわしてちゃっかり特等席を確保することもできるが、デブの身分としては、なるべくそのことを表ざたにしたくはなかったのである。席替えのくじ引きが行なわれる一週間前から、私はいっしょうけんめいお祈りをした。いいくじを引けるかどうかで私の将来が決まってしまうような気がした。

当日のホームルームの時間、私は朝から興奮してやたら鼻息が荒かった。自分でもゼーゼーしているのがわかった。ところがお祈りが通じたのか、みんながクジを引いていったらば、ある一角だけかたまって空席になってしまったのである。アトランダムにみんなくじを引いていたため、私や彼を含めてまだ席が決まってないのは五人くらいだった。私は、タテヨコナナメどの席でもこのくらいの至近距離だったらいいやと思っていた。彼の席はまたまた一番うしろになった。エイッとくじを引いたら、私は彼の前の席になってしまったのだった。そうなると隣りの席を引かなかったことが悔やまれるのだが、それでもお祈りしたかいがあったと、私は満足だった。ところが、どうも、クラスの中で様子のおかしい女の子たちがいる。彼の隣りの空席をめぐってキャーキャー騒いでいる一団があるのだ。なかでも一人で興奮しているのは、私とクラスの三デブを争っているアケミちゃんという薬屋の娘であった。彼女のデブ度は私と同じくらいだったが、顔立ちが外人ぽくてなかなか強力なライバルだった。その彼女の言動を横目でみていたら、どうも彼に気がありそうなのだ。

「やばいなあ、これは」

私は心中穏やかではなかった。アケミちゃんは自分がデブという自覚がまるでなかった。どんどん片っぱしから男の子に先制攻撃をしかけ、それに破れても全然めげず、ケッというかんじで生きている女の子だった。彼女はどこの席を引くのかと思っていたら、その突貫精神が功を奏してか、みごと小島君の隣席を獲得したのだった。彼女の喜び方はただごとではなかった。歓声とともにノートをちぎった紙吹雪までとんだ。そういう光景をみても、小島君は他人事《ひとごと》のように相変わらずボーッとしていた。男の子にからかわれても、笑って、

「うーん」

とうなっているだけだった。そういう姿をみても私の胸はドキドキした。

やっとの思いで彼の近くに座ることができても、私はうれしさ半分その他半分だった。なにしろアケミちゃんは、

「どうしたのォ、小島君。私の隣りじゃァイヤなのォ、はやくここにきて座ってよー」

と椅子を平手でドンドン叩《たた》いて彼のことを呼ぶのであった。そういわれると彼は、

「うーん」

といいながらおとなしく席に座るといった具合で、まるで尻《しり》の下に敷かれた亭主のようだった。

「ふがいない！　男のクセに」

そういいながらも、そのボーッとしたところがまた魅力的なのだった。私は授業中いつも二人のやりとりをきいていた。何を話してるのか気が気じゃなかった。ところが、私と同じように二人のことを気にしている女の子がいた。私の隣りの席のマサエちゃんであった。彼女も私たちと同類の三デブのうちの一人で、この人はなかでも一番暗かった。いつも上目づかいでノロノロ歩いているという、身長一七二センチ、推定体重八〇キロという巨大デブだった。なんと、マサエちゃんも小島君を憎からず思っていて、クラスの三デブが一堂に会して一人の男をめぐって火花を散らしているの

だった。女のカンで私たちはお互いの腹の中がわかっていた。私はひそかに我も我もという争奪戦が行なわれるのではないかと危惧《きぐ》したが、表面上は三デブ仲良く、小島君を共同でかわいがりましょうという雰囲気になった。地理の時間、四人一組で地図帳をみるときもとりあえず仲良くしていたが、時折りみせるお互いの目のさぐりあいがものすごく怖かったのである。そして牽制《けんせい》しあったまま三デブの三すくみは続き、何事もなくあっという間に二か月はすぎていった。

九月の新学期ははじまり、夏休みに裏から手をまわして仲良くなったカップルが続々誕生した。私はこのままどうなるのか不安でならなかった。他人事《ひとごと》ながら、マサエちゃんはこの恋に破れたら、あの暗さでは自殺しかねないと思った。アケミちゃんは元気よく、

「ねー、夏休みどこか行った？」

と彼の肩をドつきながらきいている。

「うん、海にいったー」

相変わらず間抜けた声で答えている。私はたまに、どうしてこういうヌボーッとした男が、三デブとはいえど女の子に好かれるのか考えざるをえなかった。彼よりも頭も顔もスタイルもいい特AやAランクの男の子だっているのに、その子たちには目もくれず、私たち以外にも女の子は寄っていった。彼は女の子に不安感を抱かせない男

だった。みんなにわけへだてなく優しく親切で、ふだんボーッとしてはいるものの、

「しょうがないわねえ」

と女の子をニガ笑いさせる不思議な魅力があった。正直いって彼の立場が、Bランクという、ふつうの女の子からみればまことに手近なところに位置していたのもその理由の一つだっただろう。逆にいえば、彼の人気はそのBランクの良さだったのだ。

特A、Aランクの男の子たちは確かにカッコ良かった。体育祭でも長い足を駆使して女の子の視線を集めていた。だけど小島君ほど女の子にわけへだてなく優しい人は、そのランクの男の子にはいなかった。

ある日、私のうしろではアケミちゃんと彼がふざけあっていた。私は気が気ではなかったがふりかえることはできず、背中に神経を集中して二人のやりとりをきいていた。アケミちゃんはちょっとのことでもキャーキャー騒いで、

「やだー、小島君ったらもう、やあね」

を連発した。こっそりマサエちゃんのほうをみてみるとすでに顔はひきつっている。うしろでは、一人で有頂天になったアケミちゃんがカン高い声を発していたが、突如、

「キャー、やめてェ。ちょっとあんた、どこ触ったかわかんない手であたしのこと触んないでくれない」

と怒ったのであった。ふりかえると、口をポカンと開けたまま小島君は、右手を宙

に浮かせてキョトンとアケミちゃんのほうをみていたが、急に真赤になって手を下におろし、何事もなかったような顔をして知らんぷりしていた。マサエちゃんはアケミちゃんの顔をにらみつけてプイッと席を立ってしまった。明らかに三すくみのバランスはくずれてしまったようだった。夕方、私は迷いに迷ったあげく、間違い電話を装って小島君の家に電話をかけた。

「もしもし……イノウエさんのお宅ですか」

頭に血がのぼった。

「は……いいえ違います」

彼が出てそういった。もう一度かけてしまった。全く変わらない調子で応答した。

二、三日たってもう一度電話をした。そのときも全く同じだった。私は自分がこんなくだらないことをしながらも、

「これだけ私が電話して気がつかないなんて、本当にこの人バカなんじゃないか」

と思った。そしてそれが昂《こう》じて、実は彼は全部私の気持ちを知っていて、知らないフリをしつつ私のやることを楽しんでいるような気もしたが、ふだんボーッとしているあの顔から想像するに、そんなに女の子の心理に対して鋭くないだろうという判断を、結果的には下したのであった。

私たち三人は、何となくいがみ合ったままバレンタイン・デーをむかえることとな

った。他の二人が水面下で何をしているのか全然わからなかったが、これが最後のチャンスだという気がした。二月十四日、私はあたりに人がいないのを確認して、

「きょうの放課後、裏庭に来てくれない」

と意を決していった。すると彼は、

「うん、いいよ」

と素直に答えてくれた。私は勝手に、これで八〇パーセント彼は私の気持ちをわかってくれたのだと決めつけた。前日、私は近所のスーパーマーケットにいってチョコレートを買い漁《あさ》った。あれもいい、これもいいと迷ったあげく、手にした紙袋の中には五つのチョコレートが入っていた。私はそこいらへんをウロウロした。こんなことしなきゃよかったと後悔した。でも私には、やらなきゃならない女の意地があった。だんだんハアハアしてきた。

「なあに、いったい」

突然の声にびっくりしてふりかえると、ニコッと笑った小島君がいた。一瞬ホホエミを作ってふりかえった私の顔はひきつった。何とそこにはゾロゾロ五、六人の彼の友だちがくっついてきていたのであった。みんなニヤニヤするわけでもなく、ふつうの顔をして私のほうをみていた。私はまさか彼がこんなに友だちをつれてくるなんて夢にも思わなかったため、ドギマギしてその場をとりつくろい、紙袋をかかえて走り

去った。私は腹が立って仕方がなかった。二月十四日、女の子からの誘い、放課後、裏庭、これだけシチュエーションが揃っていたら、どんな鈍感な男の子だってわかるではないか。あのふだんのボーッとした姿は人の良さではなく、頭が悪くてボーッとしているのだと私は決めつけ、

「これからはあんな男、相手にしない！」

と心に誓ったのであった。

その後、彼のスキャンダルがボロボロと発覚した。彼の誰にでも優しい性格が災いしてか、複数の女の子とつきあっているのが判明したのであった。一時は緊張状態だった三デブも、このときは今までの私《し》怨《えん》を忘れ、

「ひどいわねえ、二またどころか三ツまたかけてたんだってー」

と噂話に精を出した。アケミちゃんなどは、自分が主導権をとったと思ったとたんにこの事件がもちあがり、怒りと悔しさを一緒くたにして、

「そうなのよ。あたし、前からあの人、優柔不断だと思っていたのよ、情けないわねえ」

といった。おっとりして優しい男の子は、優柔不断の情けない男になり下がってしまったのである。

卒業してからの彼の行方は全くわからない。高校時代の友だちにあうと、たまに口

の端に名前が出るくらいである。彼は本当に人がよかったと思う。しかし、ただそれだけの人だった。私はこれによって、

「誰にでも優しい男には気をつけろ」

ということを悟った。今でもきっと彼は、浮気をしてもあのとおりボーッとした顔で、あっちこっちウロウロしているのだろうなと思うと、困ったもんだとニガ笑いしてしまうのである。

身の上話にご用心

私はどうも自分の好きなタイプの男性からは好かれないようである。今までの数少ない出来事を思いかえしてみても、その傾向が強い。だいたいにおいてマザコン、性格はおとなしくて暗い人が多いのである。残念ながら私はそういうタイプは大嫌いだったので、いい寄られても逃げまわっていたのだ。

「あんたそれじゃ、いつまでたってもいい思いはできないわよ」

と結婚したばかりの友人はいう。彼女はずっと年上のお兄さんタイプが好みであった。いつも、

「年は最低五つ以上離れてなきゃイヤ」

といって、そのとおり年上の男性とつきあっていたのだが、どれもすべてうまくいかない。そこへひょっこり登場したのが会社に入ってきた五つ年下の男の子。どういうわけか彼と、あれよあれよという間に結婚してしまったのである。

「あんた、ずいぶん話が違うじゃない」

とイビると、

「そうなのよねえ、私もよくわかんないの」

という。今まで年上が絶対と思っていたのに、いざ年下の男の子とふとしたはずみでつきあってみたら、そっちのほうがうまくいっちゃったというのである。

「いやあ、自分の理想と現実は違うわね。あなたもちょっと方針変えて、嫌なタイプともつきあってみれば」

そう彼女はいうが、どうも私はそういう気にはなれないのだ。

「結婚したっていろいろ苦労してるんじゃないの」

というと、彼女は身をのり出し、

「そうなのよ！　私今まで年上の人に甘えるのが好きだったんだけどさ、彼と結婚したらもうむこうが甘えたいだけ甘えるから、まるでもらい子したみたい。たまにブン殴りたくなっちゃう」

という始末なのである。私は別に一人の男を何が何でもとっつかまえて家庭におさまろうとは思っていないから、好きでもないタイプの男とつきあう必要は全くないとイコジに思っている。

ところが私が生まれて三十一年、どう血迷ったか、つきあってもいないのに突如道端でプロポーズしてきた大胆な男性が一人だけいた。姿、形は覚えているのだが、名前は全く記憶にない。

私は小さな編集プロダクションに一週間だけアルバイトにいったことがある。友だちがそこで雑用をしていたのだが、急遽《きゅうきょ》留学をすることになり、失業中の私が新しい人が来るまでのつなぎとしてそこに行くことになってしまったのである。その編集プロダクションは神楽坂《かぐらざか》にあった。神楽坂といっても駅から七、八分歩き、坂を下ったドン詰りにあるビルの一Fという話だったが、実際に行ってみると、道路からまた階段を降りてドアを開けるという半地下だった。

「ごめん下さい」

といってドアを開けたとたん、シンナーとサキイカと男性整髪料のいりまじったようなとてつもないニオイがして、反射的にドアを閉めてしまった。しばらくすると再びドアが開き、丸顔の男性が顔を出した。

「ドア、閉まっちゃったみたいですみませんねえ。これ建てつけが悪くって……」

といって、私に中に入るようにすすめた。私は息をとめて部屋の中に入って、またたまげてしまった。窓が一つもない、まるでただのコンクリートの箱のような造りだったからである。広さが四畳半くらいのところに机が五つ、足のふみ場もないくらいに雑誌が散乱し、みんな土足でそれを踏みつけて歩き、

「あれ、何月号に載ってたっけ」

と一人がいうと、別の人が今踏みつけたばかりの雑誌を手にとって、

「あ、ここにあった、これだこれだ」

という、整理整頓《せいとん》がまるでなされてない会社だった。換気扇もなく、どういうわけか小さい扇風機がプィーンと音をたててまわっていたが、ただ汚れた空気をかきまわしているのにすぎなかった。

「まあ、こんなところですから、気楽にやって下さいよ」

とその男性はいった。私はこのアルバイトの話を友人からきいたときに、彼女があまり会社の話をしたがらなかった理由が今になってわかった。こんなに狭くて暗くて汚いところにはどう考えたって、だましてこなきゃ女なんか寄りつくわけがないからであった。

そこにはいちおう社長という肩書きの私に応対してくれた丸顔の男性と、そのほか三人の汚い男たちがいた。よくぞこれだけ汚さのタイプがちがうのを集めたと思うほど、バラエティにとんでいた。一人は髪の毛が汚かった。脂ぎってピンピンはねている毛のあちこちに、フケや、どういうわけかセロハンテープの切れっぱしがくっついていた。そしてその頭をボリボリとかきむしっているのだった。もう一人は着てるものが汚かった。白い長袖《ながそで》ワイシャツにベルボトムのジーンズをはいているのだが、なにしろワイシャツの衿《えり》半分に汚れの首輪がにじみ出ているのである。そしてジーンズの裾《すそ》からは糸がほつれ、その糸が床周辺の糸クズを呼んで、汚い糸ダンゴをひきずって歩いているのだった。残りの一人は顔が汚かった。目ヤニがたまり、無精ヒゲはのび放題、そのうえほっぺたには無数のかさぶたができていた。社内の男をみくらべると社長がまあ見られるほうだったが、せり出たお腹にピースマークのついたほつれたTシャツはカンベンしてほしいと思った。こんなところで気楽に仕事ができるかと内心ムッとし、留学した友人を心底恨んだ。

どの人もニコリともしないで椅子から立ちあがり、暗い目つきをしてボソッと名乗ったような気がするが、誰一人として名前を覚えていない。全く窓がなくて光があたらない部屋にいるせいか、どの人も背がとても低いのにもおどろいた。

「そこ、机一つあいてるでしょ、そこで仕事して下さい」

私は足元に散乱する雑誌をつま先でかきわけかきわけ、示された隅の机の前に座った。

私がここでやる仕事というのは、小学校低学年向け雑誌のプレゼントとゲームの新製品紹介のページの原稿を書くことだった。他の汚れ三巨頭は、スーパーのチラシを作ったりいろいろなことをしているようだった。どういうわけかどの人もとても忙しそうだった。今から考えてみれば、単価が安いから数をこなして稼がなければいけなかったのかもしれない。私は机の上の蛍光灯のスイッチを入れ、新製品紹介の原稿を書きはじめた。

「いい、読むのは小学校二年なんだから、そのつもりでね」

という言葉を背にうけて暗い密室で、

「キミはこの下剋上《げこくじょう》ゲームを知っているか」

とか、

「ホラ出たポンと出た、七色に光るマジックボール」

などというのを書いていたのである。私は秘《ひそ》かに一週間でやめようと決めていた。何が編集プロダクションだ！　と腹が立って仕方がなかった。私はふてくされながら仕事をしていた。お昼になっても誰も食事に行くけはいがないので、私の隣りで棟方志功みたいな格好で原稿を書いている糸ダンゴに、

「いつも昼御飯はどうしてるんですか」

ときいた。

「えっ……お昼……ああ、いつもあれですませてるから……」

そういって彼はうしろをふりかえった。そこにはビニールの袋からあふれているおびただしい数のカップめんの容器があった。

「キミは一時まで食事でも何でも好きなことしてかまわないよ」

社長はせり出たお腹をボリボリかきながらそういった。私はバッグを持って、すぐこの部屋を出た。ドアをあけたとたん外の光が目にさしこんできてクラクラした。経

費節約のためにお弁当をもってこようかと思ったが、あんな悪魔の巣窟《そうくつ》のようなところで食事をしたら赤痢になりそうだった。

私は喫茶店でスパゲッティ・ミートソースを食べ、うつむきながら会社に戻った。すると私の席に一人の男性が座っていた。

「あっ、この人〇〇さん」

社長がその人を私に紹介した。話によるとデザイナーだということだが、正直いって、この会社ではデザインするべきものなんて何もないように思えた。彼の容貌《ようぼう》もデザイナーには全然みえなかった。色白、デブ、社長と同じようにすでにお腹はせり出しているものの必死にジーンズをはこうと努力し、ウエストのベルトの上に腹の肉がかぶさっているのだった。彼は私の年とか出身校とかをきいた。彼のほうは桑沢デザイン研究所を出てフリーで仕事をしているのだといっていた。が、そんなこと私にはどうでもよかった。年は私より十歳年上で、当時の私の感覚では彼なんてはるかにおじさんで、興味の対象から明らかにはずれていたからだった。

その日、私のうしろで彼は汚れ三巨頭の一人とうちあわせをして、

「ここのとこ、ティッシュペーパー、大安売りじゃないの」とか、

「連日連夜の大奉仕価格の字体がよくない」

などといっていた。

「こういうことやっててもデザイナーっていうのかなあ」

と思いつつ、私は、

「さあ、キミもこのプラモデルを作ってお友だちに自慢しちゃおう」

という文章を書き続けていた。そしてどうも人のけはいがするので横目でそーっと斜めうしろを盗み見すると、彼が私のほうをみてボーッとつっ立っていた。

「何だろう、あの人」

私は平静を装ってつまらない文章を書き続けていた。

それから彼は夕方になるとやってくるようになった。何をいうでもなく、狭い密室のあいたところにヌボーッとつっ立っていた。そういう姿をみるとよけい暑苦しくなり、目ざわりでたまらなかった。私は特別彼と組んで仕事をしているわけではなかったので何も話さなかった。その日、五時に解放され私が駅まで歩いていく途中、彼はあとから追いかけてきた。私が出たあと、ころあいを見計らって何喰《く》わぬ顔をしてついてきたのだろう。私はそういうことをされるのが不愉快でたまらなかった。彼はハアハア息をしながら、

「今、帰り？」

とアホみたいなことをきくからであった。

「はあ」

私はつっけんどんに答えていた。

「ねっ、どう、お茶でも飲んでかない」

彼はニコッと笑って首をかしげ、かわいぶっていった。

「家で御飯作って待ってますから」

ブスッとしていっても、彼はそのニッコリ顔をくずさず、

「じゃあ、いいじゃない、お茶だけなんだから」

と無理矢理近くにあった喫茶店に私をおしこんだ。

喫茶店の中でも一人彼はくつろいでいた。私は特別話すこともないので水ばっかり飲んでいた。

「いつまでのアルバイトだっけ」

彼は椅子の背もたれに右腕をひっかけ、いばりくさった態度できいた。

「一週間の約束だから今週の土曜で終わりです」

「そう、それからどうするの」

「どうって、今別の会社に履歴書送ってあって、その結果が来週わかるんです」

「ふーん、ダメだったらどうするの」

私は彼のしつこさがだんだん頭にきて、

「そんなにプライベートなことをきいてどうするんですか」

とどなると、彼はハッとした顔をして指の先を口元にあてて少しのけぞった。

「いやー、そのー」

うつむいて耳のうしろを掻《か》きながらもじもじしているのを横目でみながら、私は黙ってコーヒーをのんでいた。

「あのねー、ボクはねー」

さっきのデカイ態度とはうって変わってしんみりと話し出した。

「ボクが生まれたのは福島でねえ……」

彼は、私がたのみもしないのに勝手に身の上話をはじめてしまったのである。話によると、生まれてすぐ父上が亡くなり、未亡人となってしまった母上は彼を山奥の里子に出したまま行方をくらましてしまい、彼は里親のもとで血のつながりのない兄弟にいじめられて育ったのだと、切々と訴えるのであった。私は根本的に自分のプライバシーを侵害されるのはイヤだが、他人のその手の話をきくのは好きなので、

「はあ、それで」

と興味をもって相槌《あいづち》をうった。

「その山奥には狸なんかがいてさあ、夜遅くおしおきだって兄貴に森の入口の木にしばりつけられて放っておかれたんだよ。フクロウは鳴くし、コウモリはとぶし、恐かったなぁ」

まるで日本昔ばなしをきいているようだった。義理の親はいい人だったが兄弟のいじめに耐えられず、高校を出てすぐ東京に出てきて、アルバイトしながらデザイン学校に通って現在に至るということで、延々と続いた〝話す履歴書〟は終わった。

「ははあ、なるほどね」

私は人に歴史あり、と深く納得してしまったのだが、今度は逆にまた彼があれこれ私のことをききはじめたのである。私の両親は私が二十歳のときに離婚したから、

「父親はいません」

といったら彼は嬉々《きき》として、

「わーあ、ボクと同じじゃない」

とほざくのである。同じだから何だっていうんだよ、といってやりたかったが黙っていた。彼は私との唯一の接点を見出《みいだ》して、とてもうれしそうな顔をしてズズと音をたててアイスコーヒーを飲んだ。私はいうべきことは何もなく、ただニコニコしている彼の顔をみていたが、アホらしくなって、

「あたし、帰ります！」

と宣言して喫茶店を出た。彼は転げるようについてきて、地下鉄の入口のところで、

「じゃ、また明日《あした》ねー」

と明るくいって手を振った。この人はバカなんじゃないかと腹が立った。自分勝手

にいばってみたり切々と不遇な幼年時代を訴えたり、何考えてるんだろうかとムカムカした。しかし私は、あと何日かがまんすれば彼とも会う必要がなくなるのが救いだった。

次の日、また私は暗い密室で、

「これでキミも人気者！　与作が木を切るゲーム電卓」

と相変わらずつまらない文章を書いていた。ここに来てから私は汚れ三巨頭とはほとんど口をきかなかった。みんな本当に一心不乱によく働いていたが、実は外食できないほど薄給だったらしい。年は私より上なのに、ああいう仕事は悲惨としかいいようがなかった。夕方四時すぎるといつものように彼がやってきて、また打ちあわせとやらをはじめた。どうせ私が五時に会社を出ればまた追っかけてくるにきまっているので、今日はどうやってまいてやろうかとそればっかり考えていた。私は五時の時報とともに会社を出て一目散に走り出した。きのうはチンタラ歩いていたから途中でつかまってしまったが、今日はそんなドジはふむまいと思っていた。ところが同じ時間に出たのに今日ははるか遠くを走っていく私をみて仰天し、あわてて追っかけてきた。私もうしろを気にしつつ全速力で走ったが、間の悪いことに途中で交差点の信号が赤に変わり、私は足踏みしながらそこで待つハメになった。彼はゼエゼエいいながらとうとう追いついてきていった。

「今、帰り?」

私はあきれかえってそれを無視した。

「きょうも、あの喫茶店でデートしない?」

私はムッとして、

「あなたとデートしたつもりなんてありません!」

とキッパリといった。

「えーっ、どうして?」

彼は一人でまいあがっているようだった。私はきのう喫茶店にいったことを後悔した。

「あんたいったい何がいいたいの?」

私がそういうと彼はうつむきつつ、

「あの……ボクたち一緒になったらうまくいくと思うんだけど……」

と、とんでもないことをいい出した。

「えーっ!」

一回お茶を飲んだくらいで結婚してたらエラいことである。

「私はそうは思いませんね。私は全くその気はないですから」

と知らんぷりして答えた。

「どうしても……ダメ？」

今までつきあっているならいざ知らず、こういうことを口に出すなんてあまりにあせってのことであろうと情けなくなった。

「ダメに決まってるでしょ」

私はそういって、ウロウロ私のまわりにまとわりつく彼を無視して地下鉄に乗った。

そこまで彼は追ってこなかった。

「ほらみろ、本気じゃないじゃないか」

私はもてあそばれたような気がして仕方がなかった。

それから彼は私の目の前には姿を現わさなくなった。土曜日、最後の仕事を終わって帰ろうとすると、社長がギャラの入った封筒をくれた。

「それとね、これあずかってるから渡しとくね」

といって別に一枚封筒をくれた。私が昼休みに外に出ているときに彼が置いていったのだという。私は社長にそれをつき返そうと思ったが、この会社の人たちはそういうことに鈍感な体質らしく何も気づいてないようすだったので、とりあえずそれはもらっておいた。あの悪魔の巣窟《そうくつ》のような部屋、わけのわからないことを口走るデザイナーに会わないですむのかと思うとホッとした。

家に帰って彼が残した封筒をみると、中に一万円札が一枚入っていた。

「これは精神的慰謝料かしら……」

と思ったが、どうして彼がこういうことをしたのかは全くわからない。もうちょっと優しくしてあげればよかったのかなとも思ったが、あまりそうしたくない人ではあった。そして私はといえば、翌日その一万円札を手にデパートの香水売場に走り、前から欲しかったエルメスのオードトワレを買ってしまったという、これまた嫌な女なのであった。

経産婦とバター犬の謎

私の友人のうちで一番年上の人は四十歳のユウコさんである。彼女は以前私がつとめていた会社にお手伝いにきてくれていた人で、それ以来四年間おつきあいしていただいている。高校生と小学生の息子さんを持つ元気のいいおかあさんである。身長一六〇センチ、木原光知子と吉永小百合をたして二で割ったような、目鼻立ちのはっきりしたかわいらしい顔をした人でもある。開業医のだんな様と一緒に病院をきりもりしていて、傍目《はため》には不満など全くなさそうだが、

「一人目の子供のときならまだしも、二人目を産んで確実に修整のきかなくなった三段腹」

が悩みの種だそうである。

彼女は中国からの引き揚げ者のうちの一人で、一歩まちがえばNHKテレビで、

「パパ、ママ」

と泣きじゃくる残留孤児と同じ運命になっていたらしい。しかし、運良く彼女はそれからもたいした病気もせず、ぱっちりした目を見開いてお勉強した結果、近隣近在

でも優等生として名を馳《は》せ、当然のごとく一発で名門の女子大に入ったのである。ところがそこには御主婦部屋という大奥みたいな部屋があり、地方から上京してきた学生はそこに入って、八人くらいの学生と一緒に、プライバシーのない学生生活を送らなければならなかった。学校からあてがわれるのは小さな机と本棚。半年に一度、組替えならぬ部屋替えが行なわれて、みんなゾロゾロ自分の机を持って部屋を移動するのであった。そういった状況で恋をするのもままならず、結局彼女の初恋の人は、見合いをした今の御主人になってしまったのだった。

ある日、彼女は唐突に私にきいたことがあった。

「ねえ、あの、例のこと知ったのはいつだった?」

例のことというのは例のアレのことである。

「えーと、アレですか。アレはですねえ……えーと、たしか小学校四年のときだと思いますけど……」

私がおぼつかない記憶をたどっていうと、彼女はその目を見開いて、

「ひえーっ」

といったまま黙ってしまった。私は異常に好奇心の強い少女であった。とにかく私の知識になるのは本だけだったので、家にあった「家庭の医学」から「主婦の友」から「アサヒカメラ」から何でも読んだ。当然、

「赤ちゃんはどこからくるのだろうか」

という疑問に対して明快な答えを知りたい時期であった。うちの親は私が幼児のときは、

「コウノトリが運んできた」

とあたりまえの親らしい回答をしていたが、子供がそれをきいてもまだ疑っている目をしているのに気がつくと、

「大人になりゃわかる」

と開き直っていた。だから私は、わからないことはおのれで調べるしかなかったのであった。「家庭の医学」と「主婦の友」、床屋に置いてあった「月刊平凡」のドクトルチエコ先生の相談室に書いてあることを総合すると、明らかな一点がみえてきた。しかしこれは予想であって答えではない。そこで私はクラスの医者の息子をおどして、

「おとうさんに聞いてみい」

と、この予想の確証を求めたのであった。やはり私の予想は正しかった。しかしわかったのはいいが、なぜそうなるかが全く理解できず、小学生の私は生命の不思議に悩み続けるばかりだったのである。

「まあ、早熟だったのね」

ユウコさんはしみじみといった。彼女が子供のころは、まだそういうことは知りた

くても親にきいてはいけないようだという暗黙の了解ができていた時代で、親も子もそのことにふれないようにふれないようにと過ごしていたのだという。だから彼女の家で飼った犬にサカリがついたときも、家中大騒ぎになり、

「知ってはいるが大っぴらにしてはいけないこと」

が起こったと、両親のうろたえぶりは大変だったらしい。そういう状態が高校まで続き、大学時代は女ばかりの御主婦部屋に入れられた彼女がその事実を知ったのは、何と結婚初夜だったというのであった。

「ひえーっ」

と今度は私がおどろいた。小学校四年で知った私も異常かもしれないが、二十二歳のその夜まで無菌状態で生きてこられたのは奇跡ではないかと思った。

「もう主人からその話をきかされたときは、びっくりしてびっくりして……。天地がひっくりかえったみたいだったわ。生まれてこのかた、あんなびっくりしたことはなかった」

ということであった。私の高校のときの同級生の両親もお嬢ちゃんとお坊ちゃん同士で結婚し、その夜親が持たせてくれた本を布団の上で二人でみながら、ひえーっとおどろき、

「こんないやらしいことするのいやだね」

といいつつ七人の子供をもうけた例もあるので、事実をいつ知ろうが、その後の生活には何の支障もないようではある。

二人の子供をもうけながらも、彼女はそちらのほうの情報には誠にうといのだった。

「面白いからぜひ読んで」

と谷岡ヤスジのぶ厚いマンガ本を貸したことがあった。彼女は相変わらずニコニコしながら、

「ああ、この人、アサーッ!! の人でしょ」

といって、私の目の前でパラパラページをめくって読みはじめた。最初はクスクス笑っていたが、だんだん真剣な顔になり、考えこみはじめたのである。むずかしい哲学書を読んでいるわけではあるまいに、谷岡ヤスジのマンガで何をそんなに悩んでいるのだろうかと思っていたら、彼女は突然キッと顔をあげ、

「ねえ、バター犬ってなあに？」

ときくのであった。

「えっ、バター犬ですか」

そういったまま私の口は固まってしまった。もちろん私はバター犬が何であるかは知っているが、いくら私でも事細かに説明するのは恥ずかしい。当時ドクター荒井の性感マッサージが放送されていたら、

「犬が似たようなことやるんですよ」

といえるのだろうが、当時はそんなものもなく、

「大人になったらわかる」

と開き直るには、あまりに彼女は大人であった。

「あのー、つまりですね、あのー、えーと」

私は頭の中で、ああいったらエゲつない、こういったら品がないといろいろ悩んだが、適当なことばがみつからず、あーだの、えーだのいいながらゴマかしていた。

「なにか、バター犬っていうのは欲求不満の女の人にばかりくっついてるみたいね」

私にきいてもはっきりしないので、彼女はマンガを見つつ彼女なりに考えはじめた。

「はあ、そうなんですよ」

「ふーん。なにかだんだんわかってきたような気がするわ」

彼女はニコリともしないでいった。そして別れぎわ、このマンガをみせて主人にきいてみるというのだった。

「そ、そうですね。そのほうがいいと思います」

私はうろたえてしどろもどろに答えてしまった。しばらくたって彼女はニコニコしながら本を返してくれたが、

「バター犬の意味、わかったわかった。ホーントに不思議なマンガね、これ、ワッハ

ッハ」

と明るくいったので、私はホッとしてしまった。

「あなたといると、いろいろ新しい知識がふえるわ」

と無邪気にいわれても、私は彼女をだんだん汚《けが》しているような気がしてならなかった。

彼女はものすごい読書家で、堅い本から柔らかい本まであらゆるジャンルの本を読んでいた。うといのはあっちの方だけで、そのほか宇宙工学から歴史、国文学、料理、オカルトに至るまで、いろいろな知識を持っている人だった。知識だけ豊富で、友人から〝耳年増《みみどしま》のダンボ〟と呼ばれていた私とは大違いだった。私も彼女から今まで読んだことのない本を教えてもらい、ずいぶん読書の幅が広がった。私たちは年齢もちがうし、知識を持っているジャンルもちがうのだけど、どういうわけか気が合った。

彼女が家庭の事情で会社に出入りしなくなってからも、お互い手紙や電話で近況報告をしていた。彼女はいつも会社の中で女一人の私に気を遣ってくれて、外にさそい出してくれたのである。おととしの夏、私たちははじめて旅行をした。二人で京都のお寺をみてまわろうということだったのだが、何とそれが日帰りだったのである。彼女がご主人に、京都に旅行にいくからといったら、彼は冷たく、

「ふーん、じゃあボクのごはんはどうなるの」

といったそうで、さすがの彼女もムッとして、憎たらしくなるほどたくさんのおいなりさんを作っておいてきたといっていた。

「朝一番で行って最終で帰れば大丈夫よ」

彼女は元気にはりきっていたが、私は京都へ日帰りでいったこともないので不安がつのった。話によると、彼女は朝六時に起きて夜十時には寝て、テレビも観ない健全な生活をしているので、早起きは全く苦にならないというのである。私のほうは起きてんだか寝てんだかわからない、もうろうとした頭で待ちあわせの場所へいったが、目は半開きのまま。彼女がガイドブックをみせながら楽しそうにあれこれプランをたてるのも、

「ああ、そりゃいいですね」

といいながらも、何も頭の中に入っていないという始末だった。何しろ京都に到着したのは朝九時すぎという早さで、

「わあ、まだ九時すぎよ。これだったらいくらでも歩けるわねえ」

と駅前で手をグルングルンまわしながらはりきる彼女の隣りで、まだ私は目がさめず、

「そうですね、これからですね」

と口ではいいつつボーッとしていたのである。それからが大変だった。私たちは夏

の京都がいったいどういう気温になるか、知らなかったのである。ただ立っているだけでじわーっと汗がにじみ出てくるあの気候の中、私たちはほとんど休まずに歩きまわった。タクシーにも乗らず、京都駅から四条大宮駅《しじょうおおみや》まで歩き、嵯峨野《さがの》の行けるところはすべて足で歩いた。天龍寺《てんりゅうじ》で精進料理を食べて腹ごしらえをしたあとは、まるでオリエンテーリングだった。時期が時期だけに人もあまりいなくて、観光には最適だったが、炎天下、帽子もかぶらず頭にガンガン直射日光をうけて歩きまわった私は、目線が黄色くなってしまった。

「ほら、もうちょっと、がんばって！」

彼女も帽子なしだというのに日光をものともせず、足取り軽く山道を歩いていく。

「元気ですねえ……」

と私がいうと彼女は平然と、

「お産からくらべりゃ、こんなもの」

というのである。

「うーむ、経産婦は強い」

つくづくそう思った。たしかに私のほうが彼女よりも九歳か十歳は若いのだが、長丁場のスタミナ勝負になると、経産婦はすさまじいエネルギーをみせるのだった。私は坂道をのぼるのにも足元がヨタヨタしているのに、彼女はしっかと大地をふみしめ、

「まあ、きれいな緑」

と周囲の景色に感動する余裕がある。そのうえとても信心深い人で、お寺につくとすぐおさい銭を入れておまいりし、本堂に上げてくれるところではそこでもきちんと正座して先祖へおまいりをするのだった。信心というものに全く興味がない私は、ただボヤーッとしながら、おまいりする彼女のうしろ姿をみつめ、木陰で〝休め〟をしていた。いったん座ってしまうと根がはえたように立てなくなってしまうのは目にみえていたから、片手で木の幹を抱き、斜めになってハアハアしていたのである。知識の豊富な彼女はお寺に着くごとにいろいろ説明してくれた。落柿舎《らくししゃ》も祇王寺《ぎおうじ》もとてもいいところだった。祇王寺にはとてもきれいな仏像があり、彼女は目をうるませて感動していたようすだったが、私はまわりの竹やぶからブンブンとんでくる蚊に喰《く》われ、手や顔や足がツベルクリン反応をしたようになってしまったのである。

「さあ！　いきましょう」

彼女はあっちこっちボリボリとかきむしっている私の前を、また元気よく歩き出した。ヨタヨタと歩いている私をふりかえっては、

「もう少しですよ、もう少し」

と叱咤《しった》激励するのであった。いったいどこへいくのかと思ったら、そこは縁結びで有名な神社だった。ふつう縁結びというと、ひっそりとおごそかな中にも威厳がある

といった感じがするが、ここはどういうわけかやたら紅白のタレ幕みたいなのがビラビラしていて、ひどくド派手なのである。そして縁結びのお守りも山積みになっていて、とにかく恋愛の大安売りといったかんじなのだった。彼女は、

「ホラ、祈ろう祈ろう」

といって私の手をとった。私はいわれるままに手をあわせた。すると彼女はいっしょうけんめい目をつぶって、

「神様どうぞよろしくお願いします。私はもういいですから、この人にいい人をみつけてあげて下さい。よろしくお願いします」

私も隣りでペコペコ頭を下げた。さて戻ろうと帰りかけたら彼女は、

「あっ」

といって再びさっきの場所に戻り、

「あのー、さっきのお願いですが、誰でもいいわけじゃないですから、彼女の好みも考えて、そのへんはうまくお願いします」

とまたいっしょうけんめいお祈りしてくれた。私は帰り道、

「縁結びの神様っていうのは御利益があるんでしょうかねえ」

といった。

「そうねえ、どうかしらねえ」

私たちは二人で首をかしげながら坂を下りていった。道のわきにあった小さな店で、宇治金時《うじきんとき》を食べた。こんなにおいしい宇治金時を食べたのははじめてで、私も彼女も一口たべたら思わず深いタメ息が出て、腰から下の力がスーッとぬけてしまった。

「やっぱり私も疲れたわ」

蚊がブンブンとんでくるのを手で払いながら彼女はいった。

「そりゃそうですよ。だって私たちもう九時間も歩き続けてるんですから」

私が時計をみながらそういうと、再び彼女はキッとして、

「あら、時間がもったいないわ。京都駅の近くで晩ごはん食べようと思ってるのよ。さあ行きましょう、行きましょう」

私はまた力強い経産婦にズルズルとひきずられるようにして、京都駅にもどった。京都でも有名だといわれるその店の料理は、とりたてておいしいというものではなかった。私たちは、

「さっきの宇治金時のほうがおいしかったね」

と小さな声でいった。彼女はまたニコニコして、

「ああ、きょうは本当に楽しかったなあ。いつもこういうふうに旅行ができたらいいのになあ」

とひとりごとのようにいった。

「私だって会社につとめたら、そう簡単には旅行にいかれませんよ」

「そうねえ、でもねえ……」

彼女はおしぼりでテーブルの上をふきながらいった。

「私思うんだけど、結婚なんてしないほうがいいと思うのよね。今の生活に不満を持っちゃバチがあたると思うんだけど、私なんか外の空気を吸わないまま結婚しちゃったでしょ。だから、もうちょっとあのときに考えていろいろなことをしておけばよかったって思うことばっかりよ。今日だって、ゆっくり泊まっていければよかったんだけど、夫がああいうふうにいうし、ねえ。いやになっちゃうわ。たまに、もう何もかも捨てて、わーっと一人になりたいって思うときがあるんだけどね。でも仕方ないわ。あなたはまだ一人でやれることがたくさんあるんだから、今のままでがんばってね」

ああ、そうなのか。一見幸せそうにみえるけれど、いったん結婚してしまうとめんどうくさいことがあるらしいなあとその時感じた。まじめな彼女がいうと、説得力があった。

「さっきの神社の神様、まさかへんな男をあなたの前に現わさないでしょうね」

彼女はまたまじめな顔をしていった。

「まさか。あんなの迷信でしょ」

私がゲラゲラ笑いながらいうと、

「うーん、でもねえ、私あのときけっこう本気でお祈りしちゃったのよ」

と眉《まゆ》の間にシワをよせていうのだった。

「大丈夫、大丈夫」

「そうねえ、ま、好みじゃないのが現われたらケッとばせばいいわね、ハハハ」

彼女はニコッと笑った。

私たちは八時すぎの新幹線でかえった。二人とも疲れがドーッと出てひたすら寝こんでしまった。あまりに眠くてどのように別れてどうやって家まで帰ったか覚えていない。ただ寝る前にヘルスメーターに乗ったら、みごとに三キロ減っていたのがなによりであった。そして翌朝七時きっかりに、まだ布団の中でジンジンする下半身をさすりつつもうろうとしている私のところへ明るい声で、

「もしもし、きのうは楽しかったわあ。体いたくない？　大丈夫？」

と彼女から電話がかかってきた。

「あー、やっぱり経産婦は強い……」

私は受話器を持ったまま枕につっぷしてしまったのだった。

怪傑おばさんの商売必勝法

私は学生時代、あらゆるアルバイトをやった。

友だちのピンチヒッターで一日ウェイトレス。封筒の宛名《あてな》書き。これは信じられないほどバイト料が安く、めったやたらと肩が凝った。

なかで一番バイト料がよかったのは、民家の塀に住居表示のプレートを打ちつける仕事だった。しかし他人の家の塀に取りつけるため、いちいちその家の人から諒承《りょうしょう》印をもらわなければならず、おまけに毎日東京から神奈川県の座間《ざま》まで通わなければならなかったので、一週間したら熱を出してブッ倒れてしまった。

それ以来、再び金銭面には目をつぶり、宛名書きのバイトに毎日精を出していたのである。

あるとき、私は近くにあるターミナル駅でブラブラしていた。何を買うあてもなく、ただあちこちウィンドーをのぞいていたのだが、その中にまるで泥棒市を開いているような店があったので入ってみた。

その店は整理整頓《せいとん》が全くできていなかった。雰囲気からすると、世界各国の民芸品を扱っているようなかんじだったが、ライオンのバカでかい置き物の下にブルーの薄手の敷物があり、近づいてみるとそれがインドシルクのスカートだったりするのだった。

私は昔から、このテの店は得意としていた。店の人まで忘れていたような掘り出し物を奥のほうからみつけ、その根性に感動したお店の人が値段をまけてくれるといった具合であった。

しかしその店は、経営方針に確固たる信念があるようにみえなかった。インドシルクのスカート、ジャワ更紗《さらさ》のワンピース、木彫りの置き物、銀製のアクセサリー、ペルーの手織りマットにまざって、キティちゃんのビニール製レインコートまで売られていた。つみ重ねられた布地や、籐《とう》製のカゴに入れられたブレスレットを眺めていたら、奥のほうからズリズリッという不気味な音がした。しばらくするとまた、ブチュッズリズリッという音がした。しかしその店には誰もいない。ただ茶色の地に黒でラーメン丼《どんぶり》の模様が書いてあるカーテンが隅のほうにかけてあり、その不気味な音はどうもそこから聞こえてきたようだった。

「へんな店」

と思って出ていこうとしたら、おもむろにラーメン丼模様のカーテンが開き、中から真黒な物体が出てきた。一瞬ハッとしてひるむと、その物体はしわがれ声で、

「いらっしゃいませ！」

といった。そこに立っていたのは、色黒の太った人類だった。夏だというのに、こげ茶色のスカートをはき、それでやっと性別がわかるのだった。頭には白いターバン、ディオールのサングラス、木綿のノースリーブの丈の短いブラウス、それに三ツ折りソックスにイボイボのついた健康サンダルをはいていた。そして右手には桃の種らしきものを握って仁王立ちになっているのだった。

一見して性別はともかく、国籍もはっきりしなかった。

「まあ、ゆっくり見てってちょうだいよ」

陽に焼けた、三十年後のダンプ松本のようなおばさんは、バタバタとサンダルの音をたててどこかへいってしまった。私は店を出ていこうとしていたのに、あのおばさんが帰ってくるまで何の用がなくてもここで待っていなければいけないような気がした。私は買物をする気もなく、ただ布っきれを広げたりたたんだりしてヒマつぶしをしていた。

「あんた、何か捜してるの？」

またバタバタとサンダルの音をたてておばさんが戻ってきた。

「いえー、あの、そういうわけじゃ……あの……ないんですけど……」

「あっそ。遠慮しないでドンドン広げていいからね」

　そういうと今度はカーテンの奥から、先が半分たこ糸のようになったモップをとり出し、床をゴシゴシとこすりはじめたが、モップ自体が不潔なために何の役にも立っていないようだった。よくみているとそのモップはほうきも兼ねているようで、スキ間に差しこんでグリグリしていると、あおむけになったゴキブリの死体がボロボロ出てきた。

「ちょっと、あんた、そこにインド製のシャツがあるでしょ。あれ、とってもあんたに似合いそうだよ。ちょっとあててみたら」

　おばさんは新聞のチラシを両手でぐしゃぐしゃと揉《も》んでゴキブリの死体をわしづかみにした。

「いえー、あの、けっこうです」

　おばさんは右手にゴキブリの死体を持ったまま仁王立ちになり、目つきを鋭くして、

「どうして！」

　と、ドスのきいた声でいった。私は思わずインド製のシャツを手にして鏡の前に立ってしまった。おばさんはニコッと笑って私の肩ごしに、

「ほーら、私の思ったとおりだわー」

　といって、のぞきこむのであった。そうか、これがおばさんの手口なのかと思った。商売気のないそぶりをみせつつ、思わぬところで切りかえし、そのまま肥満体を生か

して土俵の外に押し出す方式をとっているようだった。困ったなあと思って鏡にうつった姿を眺めていると、再びおばさんがいった。

「あんた、これ買いたくないのね」

だからさっきから私はそういうアピールをしているではないか、今さら何をいっているのかと腹が立った。

「それならそうと早くいえばいいのに。おばさん、人が嫌がっているのに無理にすすめるほど根性曲がってないんだよーん」

おばさんは丸太のような腕で私の肩をドンと叩《たた》いて笑った。私は早く帰りたかった。店内を物色しつつ立ち去ろうと、天井からぶら下がったバッグを手にとったりしながら出口に向かうと、突如おばさんは私の腕をつかみ、

「あんた、学生さん？」

というのである。私が横目になりつつこっくりうなずくと、おばさんはますます私の腕を握りしめ、

「あたし、あんたのこと気に入っちゃった。あしたからバイトしにこない？」

と、小声でいうのであった。

「えっ、そ、そんなこと急にいわれても、困ります……」

「あたし、あんたみたいな人、来ないかなあって思ってたのよォ。いいじゃない。ヒ

マなんでしょ、空いてる時間だけ来てくれればいいからさあ。ねえ、そうしなさいよ」

そういいながらおばさんは、ものすごい力で私の体を揺さぶった。あまりに強く揺さぶられて頭がクラクラし、つい私は、

「はあ、いいです……」

と、返事をしてしまった。

「あっそ。それはよかった。それじゃ、またあしたね！」

おばさんはそういって、つきとばすようにして私を解放した。家へ帰る道すがら、

「私は明日《あした》からバイトにいかなければならないのであろうか」

と悩んだ。母親に相談したら、

「このバカ！」

と怒られた。自分がバイトを希望してもいないのに、どうしてそう簡単に人のいいなりになるんだ！　とこっぴどく叱られてしまった。

「だって、私の腕をつかんで揺さぶるんだもん」

「バカ！　そんなもの揺さぶりかえしてやりゃあいいんです！」

ひととおりガーガー怒ったあと、それでも母親は、

「約束したんだから、明日からバイトに行け！」

と命令した。行けというんだったら、そんなに怒らなくてもいいじゃないかと思った。私もよく考えてみるとバイトする気などさらさらなく、全くやる気はないのだが、約束した以上守らなければならぬというヘンな正義感に燃えて、自分でもヘンだなと思いつつ、次の日あの不気味な店にむかった。

朝、私が店の中に入っていくと、おばさんは奥のカーテン部屋からのそーっと出てきて、

「あーら、やっぱり来てくれたのね。おばさんうれしいわあ。あなたは約束を守ってくれる人だと思ってたのよォ」

と、せり出したおなかを揺すっていった。私は、

「ハハハハ」

と、あいそ笑いをしながらも、困ったなと思っていた。

「うちは忙しいときはともかく、ヒマなときはいくらだって休んだっていいからね」

そういわれて、少しやる気になってきた。

「ま、今日ははじめてで、何が何だかわからないだろうから、おばさんのすること見てればいいわ」

おばさんは右手にハタキを持ってバタバタそこいらじゅうをはたきはじめた。頭にまいたターバンもブラウスも、その他のいでたちもすべて昨日と同じ。アフリカの大

平原にポッと落とされても、何ら違和感がない姿だった。

おばさんはお客さんが来ると、商人としての手腕をみせた。めったやたらとヨイショが上手なのであった。

あるとき、歯が全部金歯ではないかと思われるような中年のおばさんがきたときも、彼女は、

「んまあ、奥さま。みごとな金歯ねえ。高かったでしょう。それだけの金歯入れたらン百万じゃきかないんじゃないの？　それに色白で品があるから、金歯がよく映えること」

と、ほめちぎるのであった。私はそれをきいて、客がいつ怒って帰ってしまうかと、気が気じゃなかったが、いわれた金歯のおばさんのほうも、まんざらでもなさそうにニコニコしていた。そして金歯をほめちぎって、結局、ド派手なワンピースを買わせてしまったのであった。

「わかった？　ほめられて嫌だと思う人なんていないんだよ。あまり大げさだと相手に感づかれるからね、さりげなくやるんだよ、さりげなく」

そういったって、あの金歯のおばさんに対するヨイショは大げさじゃなくて何なのだといいたかったが、まあワンピースが一着売れたところをみると、おばさんのノウハウは正しいのかもしれない。おばさんは来るお客さんに対して本当に歯の浮くよう

なおせじをいった。帽子をかぶってきた中年の奥さんには、

「わー、奥さん、ステキ。まるでグレタ・ガルボみたい」

といい、着物姿のおばあさんには、

「奥さん、お着物がぴったり。品がよろしいわあ。誰かに似てるわねえ……そうそう入江たか子、入江たか子にそっくり」

と、菅井きんによく似た顔立ちの人にむかってそういうのであった。そのたびにジャワ更紗《さらさ》の敷物や白檀《びゃくだん》の扇子が売れた。私はただあっけにとられているだけだった。

私にはとうていできないことだったが、思い出してみるに私もオカッパ頭のころ、ブティックの店員さんにワンピースを着せられ、

「まあ、ステキ、山口小夜子みたい」

といわれてその気になり、恥ずかしくてどこへも着ていけないような柄のものを買ってしまった記憶がある。そして不思議なことに、少しくらい大げさにいっても怒ってしまった人は皆無。

「いやあ、おばさん、口がうまいわねえ」

といいながらも、ほとんどの人は口元がゆるんでいるのであった。

おばさんはお客さんに対しては饒舌《じょうぜつ》だったが、こと自分に関しては何もしゃべらなかった。おばさんの風体をみて、お客さんが、

「おばさん、どこの国の人なの？」

とマジメな顔をしてたずねると、

「あたし？　あたしはトンガ生まれよー。この体見りゃわかるでしょ」

といい、

「私のラバさーん、酋長《しゅうちょう》の娘、色は黒いが南洋じゃ美人〜」

と、突然うたいながらフラダンスを踊りはじめたりするのだった。

トンガでなぜフラダンスなのか、そのへんのところは全くわからなかったが、おばさんがそういっても誰も疑わなかったのが不思議だった。そして、顔見知りでないお客さんがくると、

「これ、私の母親の国のものなんです。わたし、南洋の島の人間と日本人の混血なんです。だから、全くもうけなしで売っているから、ほら、安いでしょ」

と、ウソかホントかわからない口ぶりで、うまく商品を売っていた。私が家に帰ってその話をすると、母親は、

「それはあぶない。ヤミルートで物品売買をしているのではないか。もしそのなかに大麻でもあったらあんたも一緒につかまってしまうから、一度挨拶《あいさつ》に行くふりをして偵察しにいこう」

といい、はじめてこの不気味な店を訪れることになった。

「どうもうちの娘がお世話になりまして、ありがとうございました」

さすがうちの母親もさるもので、何喰《く》わぬ顔をしてそういっていたが、おばさんに、

「まあ、おかあさんですかあ？　こりゃあ、お若いわ。まるでおねえさんみたい。そういわれませんか？　そういわれるでしょ？」

とヨイショされるとすぐ顔をくずし、

「はあ、みなさんによくいわれます。私もけっこう年なんですけどね、ハハハ」

と、完全にまるめ込まれてしまったのだった。そのうえおばさんが、

「あんた、おかあさんに似たらよかったねえ。そうしたら目もパッチリしたのに……。でも、おかあさんもご苦労なさったんでしょ。大変でしたねえ。あんたもおかあさんのこと見習わなきゃいけないよ。でもあんたは一生おかあさんのことを追いぬけないかもしれないね」

などと、母親に対して今世紀最大のヨイショをした。

そーっと母親のほうをみると、彼女はすでに顔はくずれ、うれしそうにふくみ笑いをしているのだった。そしてうれしさのあまり、特に欲しいともいってなかったシルクのスカーフを買い、おばさんに千円まけてもらってものすごく喜んでいるのであった。当日家に帰ると母親は、

「あのおばさんは正直でとてもいいおばさんだから、あんたも安心してバイトをする

ように」

と、完璧《かんぺき》に洗脳されてしまっていた。

「全く、もう……」

私は苦々しく思いながらも不気味な店に毎日通っていた。約束どおり、ヒマだと例のカーテン部屋で休ませてくれたが、ばかでかいゴキブリが右に左に走りまわるし、

「おやつに食べなさい」

と渡してくれた桃には、おばさんの握りしめた指の跡がくっきりとついていたりして、あまり気は休まらなかった。

おばさんが店にいないとき、よく近くの店の人たちがヒマつぶしに遊びにきた。

「あのおばさんの本名は何ていうんですか？」

ときいても誰も知らなかった。おもちゃ屋のおばさんは、

「おばさんっていえば、もう誰だってわかるわよ、あの格好だもの」

といって笑った。

思えばお店の人たちの氏素姓など知らなくても十分に商売はできるのだから、そんなことどうでもいいのかもしれない。ただ終戦直後から商売をしているので、けっこう地元の古い人ではないかという噂だった。

「おばさん、トンガ生まれだとか言ってるけど、どうだかね。私たちがきくより、あ

なたが直接きいたほうが本当のことを教えてくれるかもよ」

そうおもちゃ屋のおばさんは言い、

「本当のことがわかったら教えてね」

といった。私はヒマなとき、おばさんに、

「おばさんの本当の名前は何ていうの」

ときいてみた。すると、彼女は、

「本当の名前？　名字は〝おば〟、名前は〝さん〟です」

と、シラを切るのであった。この人は過去に人にいえないことでもやってるのではないかという気すらした。

結局、私はその不気味な店に約一か月いた。しかし、おばさんのように、お客さんが何を試着しても、

「奥さん、本当に何でも似合うから、うらやましいわあ。女優さんだってそういう人、少ないわよ」

というシラジラしいおせじはいえなかった。それがおばさんの私に対しての不満のようだった。私がやめる当日、近所の団子屋さんの御主人が遊びにきて、おばさんのことを、彼が知っている限り話していった。

おばさんは山形生まれで、同郷の人と結婚して満州に渡ったものの、そこでもうけ

た子供は、引き揚げてくる間にみんな亡くなり、財産も何もかも失って、ここで商売をはじめたのだということだった。

「ふーん、そうか」

私は複雑な気持ちだった。

十年たった今でも、たまに母親がその店の前をとおりかかると、おばさんは相変わらずのいでたちで、

「あたーしの実家はミクロネシアよー」

と、お客さんを前に一人ではしゃいでいるそうである。

母想う娘の深いため息

私の母親は、私の友だちが遊びにくると、めったやたらと興奮した。高校一年のとき、新しい友だちをつれてくるといったらば、どういうわけか、前日に美容院へいってセットをした。駅前のケーキ屋へいって、

「あした、チーズケーキとチョコレートケーキをとりにきますから、ちゃんととっておいて下さいよ」

と念をおし、ふだんやったことがないくらいに部屋を掃ききよめ、猫八匹のトラちゃん一家にも、

「あまり甘えてニャンニャン鳴かないようにするんだよ！」

といいふくめているのであった。とにかく、母親がいちばん嫌いなのは自分の夫、第二は近所のおばさんであった。私と二人で駅前まで買物に行く途中に、近所のおばさんたちが二、三人で井戸端会議をしていると、露骨に嫌な顔をし、

「あ、オババどもがいた。まわり道しよう」

といって私をひっぱっていくのであった。

「あたし、いつも同じことしかいわない、ああいう主婦って嫌いなんだよね」

と、その近所のおばさんたちの姿をみるたびに同じことをいった。

「たいして変わらないんじゃないの」

などといおうものなら烈火のごとく怒り、道端のドブにつき落とされること必至だった。

「ともかく私と、あのおばさんたちとは違うのだ」

ということを何度も何度もくりかえすのであった。

友だちが来ると母親は、

「はーい」

と、とってもいいお返事をしてドアを開け、私たちにはみせたことのない笑顔で、彼女たちをむかえる。そして私と彼女たちが雑談していると、ケーキと紅茶をお盆にのっけて持ってくる。ふつうだと、

「どうぞ、ごゆっくり」

とか何とかいって自分は邪魔にならないようにひっそりと引き下がるものだが、母親は違っていた。どうもケーキの数が多いなあと横目でお盆をみていたら、案の定、自分の分までちゃっかり持ってきて、私たちの話に加わる姿勢を示しているのだった。私が頬をひきつらせて、テーブルの下でシッシッと追っぱらおうとしても、

「えっ、どうしたの？」

と、しらばっくれる。友だちは母親の前にしっかと置かれたケーキをみて、

「いいじゃない、お母さんが来たって」

と私にむかっていうのであったが、彼女だって好きな男の子のことを相談しにきているのだから、はっきりいって迷惑なはずなのに、気をつかってくれたのが、私の友人のいいところなのである。

「ほーら、ごらん。いいっていってくれてるじゃないの。意地悪するのは、あんただけだよ」

そういって、母親はパクパクとケーキを食べるのだ。当然、私たちの話をおとなしく聞いているはずはなく、私たちの会話にすぐ割りこみ、自分の話題の中にとりこんでしまうのである。嫌な顔もせずにニコニコしながら母親の話をきいている友だちに、私は手をあわせたくなった。そしてその話題というのは、自分がここ一か月の間に買った服の話なのである。

「あたしねーえ、このあいだ久しぶりに銀座にいって、ニットのワンピース買ったのよ」

と、こんなくだらないことを得意気にいい出す。こっちは、

「また、あんなこといいおって……」

と知らんぷりしているのだが、友だちは社交辞令で、

「へーえ、どういうデザインなんですか」

と話を合わせる。すると恐ろしいことに、それから延々と一大ファッションショーがはじまるのであった。

「まあ、それじゃ、みせてあげるね」

きっぱりそういうと、母親は洋服ダンスを開けて、中からワンピースを出して胸のところにあてて、

「どう？」

といって私たちに見せる。もう私は完璧に無視しているから黙々とケーキを食べるのに専念し、母親との応対はすべて友だちにまかせることにした。

「まあ、ステキ」

友だちもおせじがうまい。ところが、そのおせじをマジにうけとめるのが母親の一大問題なのだ。

「あら、そうかしら、少し派手かと思ったんだけどねえ、ちょっと着てみるわね」

そういうと母親は隣りの部屋にひっこみ、しばらくゴソゴソやっていたかと思うと、
突然勢いよくフスマを開け、

「ジャーン!!」

といいながらワンピースに着替えて、そこいらへんをクルクルまわるのであった。

すると、こともあろうに友だちは、手をパチパチ叩《たた》いて、

「ステキ、ステキ」

といって母親をのせるのである。また、そこで照れないのが我が母親の恐ろしさ。

「あたしねーえ、このジャケットとコーデュロイ……じゃなかった、コーディネートしてもいいと思ったのよね」

再び洋服ダンスの中に手をつっこみ、冬物のジャケットをとり出してその上に着込み、かかしのように両手をつっぱらかして、早く何か感想をいえ、というふうにこっちに迫ってくるのだった。

「まあ、それも、とってもいいわあ」

私はだんだん友だちのおせじにもあきれていた。

「そうぉ、これはどうかしら、このあいだ買ったスカートなんだけど……」

母親はまた衣装がえのために隣りの部屋にいってしまった。私は小声で、

「ちょっと、あんた、うちの親ってすぐ図に乗るから、あまりホイホイのせないでよ」

と友だちにいうと、彼女は、

「えっ、だって面白いじゃん。なかなかみられないよ、こんなの」

といって、結局は半分バカにしているのだった。母親はとっかえひっかえ、一年分の服を着てみせて、しまいにはハァハァと肩で息すらしていた。

「おばさん、とても若くみえるから、何着てもかっこいいですねぇ」

とシラジラしく友だちはいう。

「こいつ、とんでもないウソつきだなあ」

と、私はケーキをつっつきながら腹の中で思っていた。

「あーら、そうみたいね。あたしよくそういわれるの」

ツラの皮の厚さでは我が親のほうが一枚上手であった。そのうえ、

「そうでしょうねぇ」

といってうなずく友だちのスキのないフォローにも感心してしまった。それからは、持っている靴および、指輪の全公開。そのあとは、これからヘアースタイルをどのようにしたらよいかということについて無理矢理意見を求めるのであった。友だちは、

「顔立ちからすると、ショートもいいと思います」

とか優等生的な発言をするので、私はそっぽをむいて、

「辮髪《べんぱつ》にすれば」

「モヒカンもいいわよ」

と、むちゃくちゃいってやった。逆に、

「ところで、あんたはどういうのにしたいのか」

とたずねたら、ニコッとして、

「あたし、リーゼントにしたい」

などというので、あわててそれだけはやめろと必死にくいとめた。母親は、
その夜、友だちは夕食までしっかり食べて帰っていった。母親は、

「なんて素直で思いやりのあるいい子なんだろう」

と彼女を誉めちぎり、いうにこと欠いて、

「ああいう、いい性格をあんたも見習え」

そういうのであった。翌日、友だちは、

「あー、面白かった。また、あんたのうち遊びにいくね」

と大胆にも宣言した。それからは私がクラブ活動で遅くなって家に帰ると、勝手にその友だちが来て、母親と友好をあたためていた。そして二人してゴハンを食べながら、私にむかって、

「おかえりー」

などというのである。我が親を、生きたオモチャかなんかとまちがえているようであった。

このファッションショー事件でもわかるように、母親は異常な買物好きであった。

デパートなどに一緒にいくと、いまだに私はドーッとつかれる。

「きょう、あんたは私のスタイリストよー」

とか何とかいって私をダマしてつれだし、一人デパートで大騒ぎするのである。何しろ売場で目あての品をみつけると、

「あっ」

とひとこと発して、ものすごい勢いで一目散に走り出す。びっくりして私はあとを追う。すると、遠くから、

「こっちよ、こっち」

というすごいソプラノがきこえてくるのである。私は周囲の人々の視線を浴びながら、うつむいてコソコソとそばに寄っていく。

「何なのよ」

小声でいうと母親は、

「これみて。いいわぁ。あたし、こういうコート欲しかったのよ」

もう彼女はそのコートの裾《すそ》を握りしめて、目をうっとりとうるませている。たしかにそのコートはよかった。しかし値段も二十四万円と、とんでもなくよかったのである。

「あんた金持ちね」

私がいうと母親は、ゆるんでいた口元をフッとひきしめ、

「お金払わなきゃいけないのよね……ダメだわ。ないわ。ないないないない、カネーがない」

と、シブがき隊の歌まで歌い出すのであった。その騒ぎをききつけて、売場の店員さんがこっちにむかって満面の笑みをうかべてやってきたので、私は母親をひきずり、こんどは二人してコソコソと隅っこをはうようにして逃げてきたのであった。

離れていると何をしでかすかわからないので、それからは私は背後霊のように、ぴったりとへばりつき、巷《ちまた》の皆様にご迷惑のかからないようにした。母親は、自分が欲しい！と思うとすぐに裾をしっかと摑《つか》んでしまうという癖があるため、

「みっともないからやめなさい！」

と怒って、その手をひきはがすのも大変であった。あっちこっちウロウロしているものだから、当然店員さんがやってくる。すると母親はニッコリ笑って、

「あたし、ジャケットが欲しいんですけどね、おばさんくさいから、ミセスの売場で買うの嫌なの」

と、いい、

「ニコルとかケンゾーはどこ？」

と、大胆な発言をするのである。そしてその売場へいくと、ハウスマヌカンのお姉

さんをとっつかまえ、

「あたし、みんなから若くみえるっていわれるから、ふつうのおばさん売場じゃ嫌なのよ」

とまた同じことといいつつも、ディスプレイしてある服をみては、

「あたしに似合うかしら」

と、小声で不安そうにたずねるのである。そして、あれこれ試着してみるのだが、心の片すみに残っている戦前生まれの精神が邪魔をするらしく、だんだん顔も曇り、

「やっぱり、自信ない、あたし……」

といって、今度は一分でも早くその場を立ち去ろうとするのである。

「こんなのも着てみれば」

派手なケンゾーのプリントのスカートを指さしていうと、母親は、

「あんたってホント、嫌な子だね」

といって小走りにかけていってしまうのであった。

母親は自分ではブランド名をよく知っていると信じて疑わない。私からすれば幼稚園児が、カニの絵がかいてあれば〝か〟と、それが何のかな文字かわかるように、マークをにらんでやっとそれを理解するといった程度のものなのである。だから時たま、だまされて、グッチーヌとかいう、Gの字に馬車のマークの飾りのついたセカンドバ

ッグなんかを買ってきて、あとでニセ物と気づいて、

「くく……悔しい……」

と身をよじることなど日常茶飯事なのだ。

だいたいすべての元凶は、自分のしていることに間違いはない！　という信念による誤解に基づいている。先日も、道ばたで、近所のヒロフミ君という幼い男の子が一人で遊んでいたので、

「おばちゃんとおうちで遊ぼう」

とさそって二人して遊んでいたら、そこに来客あり。誰かと思ってでてみたら、なんと玄関には、ヒロフミ君とおかあさんが立っていたのであった。

「あれ？　それじゃ……あの子は……誰なのかしら……」

全く関係ない子を家につれてきて、母親の頭の上にはどでかいクエスチョンマークがついてしまった。当の男の子も、けっこう居心地がよかったらしく、べつだん帰りたがるけはいもない。でも、まるで知らない人の子供となるとそうもいかず、おそるおそる、

「ねーえ、お名前は何ていうのかな？」

と猫なで声を出してきいても、さっきからヒロフミ君、ヒロフミ君と呼ばれていたのでこの子は洗脳されてしまい、

「お名前は？」

ときかれても、

「ヒロフミくん」

としかいわないのであった。機嫌をとりつつ何かをさぐり出そうとしても、彼は知らんぷりで、ネコをいじくっては、はしゃいでいるのだった。仕方なく彼を背負い、近所を一軒一軒、

「この子、知りませんかあ」

とたずねてまわったら、中に家じゅう大パニックに陥っている家があり、その家では我が母親が黙ってつれて行ってしまったとは、これっぽちも思わず、その反対に、迷ってた子を家であやしてくれていたのだと勘ちがいして、平身低頭して、お礼にマスカットまでくれたりしたのだった。

「あたしって、本当に運がいいわあ」

そういう母親の背後で、私は深いため息をついた。

母親はまるで子供と同じである。うちでは、親が離婚するときに〝家族会議〟がとり行なわれたのであるが、別にいいあいもせず、ののしりあいもしなかったのに、母親は本当に唐突に、子供が泣くように両手の甲を目にあてて、両ヒジをはって、

「エーン、エーン」

と、ものすごい声で泣き出したのであった。私と弟はその姿をみてあっけにとられ、思わず吹き出しそうになってしまった。さすがに父親は笑おうとはしなかったが、弟なんか口をへの字に曲げて必死にガマンしているようだった。私と目があったら急に吹き出したくなったらしく、うしろをむいて口をおさえて肩をふるわせているのだった。私も、

「ガハハハ」

と大声で指さして笑いたかったが、さすがにそれははばかられた。

「いいのよ、みんなあたしが悪いのよ」

エーン、エーンと泣きながらそんなことをいい出すのであった。ウソ泣きかしらと思って横からそっとのぞくと、ちゃんと涙を流している。私と弟は隣りの部屋にいき、口々に、

「どうしたんだ、あれ」

といった。

「もう被害者になりきってるんじゃないの」

弟は冷静に判断した。そして相談の結果、ああいう性格だから、ほっておいても平気だろうということになり、それからは母親の態度を観察することにした。エーン、エーンと泣きながら、たまにヒックヒックとしゃくりあげるところなんか、子供と同

じだった。父親は、まいっちゃったなぁというかんじでそっぽをむいている。十五分くらいエーン、エーンをやっていたかと思ったら、これまた唐突にピタッと泣きやみ、

「さあ、離婚届にハンコ押そう」

といって引き出しから書類を出し、テーブルの上に置いて、

「はやく名前書いてハンコ押してよ」

と父親ににじり寄る。そして二人で署名捺印《なついん》が終わると、

「あー、さっぱりしたあ」

とわめき、

「そうそう、スズメちゃんにエサやるの忘れてたわあ」

といってベランダに仁王立ちになり、

「スズメちゃん、ごはんだよー」

と大声で叫びながら、エサをまく。もう夫の姿など全く眼中にないようであった。

私はその筋肉質の背中をみながら、再びふかいため息をついたのであった。

お父さんと呼ばない

思い出してみると、私は一回も父親のことを〝お父さん〟と呼んだことがない。おまけに、物をねだって買ってもらったという記憶もない。子供心に、

「うちの親は金を持っていない」

ということがしっかりとわかっていて、ハナからねだってもムダだと思っていたのだろう。

私が小学生のときに一番困ったのは、

「あなたのお父さんのおしごとは何ですか」

ときかれることだった。ほとんどの子は、

「会社におつとめしてまーす」

といって事はすむ。お店をやっている家も、

「うちは酒屋でーす」「八百屋でーす」

といえばよい。しかし、私の家はそういう一般的な範疇《はんちゅう》からは明らかにはずれていた。だいたい、朝、「いってきまーす」といって玄関を出ていかない。私が学校にい

くときも、まだガーガーとイビキをかいて寝ている。学校から帰ってくると家にはいない。それでも全く気にならないのである。はっきりいって、いてもいなくても、どうでもいい人なのだった。友だちがよびにきて、キャーキャー騒いで公園にいくと、どこかでみたおじさんが池の中に釣糸を垂れてボーッとしている。これが私の父親の姿なのであった。遠くから眺めていると、私と友だちの姿に気がついて、手招きする。気のりがしないままそばにいくと、

「ほらみろ、くちぼそがこんなに捕れた」

と自慢するのである。

「このアミでな、二、三回すくうとすぐこんだけとれたんだよ」

そういって、自分の足元にころがっている池のニオイのする棒つきのアミをふりまわして、うれしそうにしている。

「ふーん。で、今は何釣ってんの」

あまり父親の喜びに深くかかわりあうとろくなことがないので、ホドホドに話をきりかえたのは、ささやかな子供の知恵だった。

「えっ……」

父親はしばしうろたえた。そしてしばらくして小さい声で、

「キンギョ」

といった。

「えーっ、キンギョ？」

私と友だちは思わず大声を出した。こんなところに金魚なんているのかと思ったからだ。すると父親は、

「このあいだ、ここで金魚捕ってる人、みたもん」

とむくれる。

「たまにね、金魚がいることもあるけどね。釣るよりはアミですくったほうがはやいよ」

そばで絵をかいていたシラガ頭のおじさんがそういうと、急に父親の態度がでかくなり、

「ほーらみろ。ちゃんといるんだよ、金魚が」

そういってイバるのである。いつまでも話につきあっていると、私たちの遊ぶ時間がなくなるので、私は、

「じゃあね」

といって父親から離れていった。日が暮れるまであちこち走りまくって、泥まみれになって家に帰ると、父親はつかわなくなった火鉢に池の水と藻を入れて、中をのぞきこみながら、

「くちぼそちゃん、大きくなるんだよ」

といいながらゴハンつぶをやっていた。私は、きれいでも何でもないくちぼそがいても、あまりうれしくなかった。母親などは、夫などほとんど眼中にない、といった感じで無視していた。夫が何をやっても、ただ、

「ふーん、そう」

というだけで、もう反応はしないのだった。幼い私にも、愛し合っている仲のよい夫婦といった雰囲気は全く感じられなかった。

次の日、学校から帰ると、また父親はいなかった。ここひと月、仕事をしている姿などみたことはなかった。本当は絵描きなのだが、生活ができないので、学校で使う標準テストやドリルのカットを描いたり、カレンダーやポスターのデザインをしたりしていた。父親の仕事机の上には、外国製のあらゆる色のポスターカラー、色鉛筆、紙、筆、製図用具があった。たまに必死に仕事をしているなと思うと、しばらくして色あざやかな紙切れをもってきて、

「ほーらみろ、こんなにかっこいい紙飛行機ができた」

と家の中で何度もとばして自慢する。何かといえばすぐ子供に自慢するという嫌な父親なのである。

ガタガタと内職の洋裁をしている母親にむかって、

「また、いないねえ」

と話しかけても彼女は何も答えない。夫に関してのことは、まるで耳の穴に入っていかないようであった。

夕方、父親は上機嫌で帰ってきた。

「おーい、おーい、いいもん捕ってきたぞー」

そういわれても母親はフンとして出ていこうともしない。誰も出ていかないのはマズイと察した私は、不吉な予感がしつつも玄関にいった。私の姿をみると、父親はニッカニカ笑いながら足元に二つ置いてある大きなポリバケツを指さした。中をのぞこうとするとドブ臭い。息を止めてよくみると、その中には数えきれないほどのザリガニがハサミをふりまわしてうごめいているのだった。

「どうだ、すごいだろう、ワッハッハ」

私はこんなにたくさん、いったいどうするのかと思ってしばし呆然《ぼうぜん》としていた。まだよく物事がわからない弟は、自分の大好物のエビを山ほどつかまえてきたと間違えて、ピョンピョンはねながら、

「晩のおかずはエビフライ、晩のおかずはエビフライ」

とはしゃいでいるのであった。

「なあに？……エビ？……」

弟のエビフライというはしゃぎ声にそそられて、フンとした態度の母親も内職の手を休めて私の後ろに立った。そしてバケツの中をのぞきこみ、

「何よ‼　これ‼　わー、すごいザリガニ‼」

それだけいい放つと、またさっさと引っこみ、ガタガタとミシンをふみはじめた。

「どうすんの、これ」

私がきくと、父親は、

「飼うにきまってるじゃん」

という。しかし親子四人、二間の借家住まい、タタミ二枚分くらいしかない庭で、こんなにたくさんのザリガニが飼えるはずがないのである。

「さあ、みんなでザリガニさんのおうちを作ろう」

父親は明るくいったが、私も弟もなるべく父親の目をみないようにして、足をボリボリかきながら、少しずつ玄関から離れていった。

「まったく。どいつもこいつも、かわいくないんだから」

一家における自分の立場がわかった父親は、憤然として言った。そしてどこからか、とてつもなくどでかい水槽をもってきて、自分一人でザリガニの家を作った。前からあるくちぼそその家と、ザリガニの家に占領されて、うちの庭はほとんど土の色がみえなくなった。

「わかったか、ザリガニに絶対さわるんじゃないぞ。ザリガニさんのおうちを作るのを手伝わなかった人には、ザリガニはさわらせない！」

父親は一人で興奮していた。母親は洗濯物をたたみながら、バーカ、というような顔をして、

「あんなもの、誰もさわりゃしませんよ、ねぇ」

と私にむかっていった。私は二人の子供という立場上、どっちにつくこともはばかられたので、きこえないフリをして黙ってタタミをいじくっていた。絶対さわるなと宣言したてまえ、ザリガニの世話は、すべて父親がやることになった。毎日毎日、他にすることもないのでシラス干しとかスルメをやって、動物たちとのみ親交を深めているようだった。

ある日、父親がザリガニの家をいじくっているな、と思っていたら、突然、

「ギャーッ」

というものすごい叫び声がきこえてきた。あわてて庭に出てみると、父親が縁側にへたりこんで、

「ひえー、ひえー」

といっているのである。

「どうしたの？」

ときくとザリガニの家を指さして、

「共喰《ともぐ》いしてるー」

と小声でいうのである。おそるおそる水槽をのぞきこむと、頭、胴体、足、尻尾《しっぽ》がバラバラに切れたのが、あっちこっちに散らばっていて、ザリガニの地獄絵になっているのだった。

「ギェーッ、すごい……」

私もたまげて家の中に入ろうとすると、父親は私のスカートの端っこをつかみ、

「ね、ね、ちょっとお願いがあるんですけど」

と猫ナデ声を出した。嫌な予感がした。父親はすぐ意地を張ったり、見栄を張ったりするくせに、いざ自分のほうにアクシデントが起きると、ヘナヘナと腰くだけになって他人にたよろうとするのであった。

「えっ、なあに」

「あのねえ……悪いんですけどね、ザリガニの家をおそうじしてもらえないかなあ。おこづかい、たくさんあげちゃう!!」

「やだ。だってザリガニにさわっちゃいけないっていわれたもん」

私がスカートをつかんだ手をふりきって、家の中に入ろうとすると、父親はまた怒り、

「どうしておまえは、そんなにかわいげがないんだあ」

といってわめくのであった。私は、フン、と無視していた。すると騒ぎをききつけた母親が、

「何よ、うるさいわねえ」

とブツブツいいながら面倒くさそうに出てきた。父親は子供に無視されたら、あとたよるのは妻しかいないと悟り、

「ザリガニがね、共喰いしてすごいんだ」

と必死に妻の母性本能を刺激して、甘えよう甘えようとしているのであった。

「ふーん、そう」

母親はどうでもいいように答えると、突如腕まくりをして、右手をガバッとザリガニの地獄絵の中につっこんだ。そして次から次へと、バラバラになったあわれなザリガニちゃんをひきずり出し、無表情でポイポイ地べたの上に放り投げた。

そのあいだ中、父親はなすすべもなく、ただボーッとして縁側にへたりこんでいた。地べたの上のザリガニをちりとりでかき集め、何事もなかったかのようにきれいに掃除して、再び母親はフンとした態度で内職をはじめた。その日父親は異常におとなしく、こそこそと部屋の隅のほうを歩いていた。

いくらなんでもこれでは家族にバカにされると思ったのか、父親は、

「今度の日曜日、みんなで石垣《いしがき》いちごを採りにいこう」

とニコニコして提案した。

「ふーん、そう」

特に感激もなさそうに母親はいった。弟はまた罪もなく、

「わーい、いちご、いちご」

とよろこんでいたが、私はどうでもよかった。今までだって家族ででかけると、ろくなことがなかったからであった。熱海《あたみ》にいって旅館に泊まれば、どういうわけか庭に作られた大きな池の中に父親がはまってしまうし、レンタカーを借りてドライブにいったら、途中道に迷い、

「地図のみかたが悪い！」

と父親と母親が大ゲンカして、車内が怒りの密室となって閉口したこともあった。

しかし、ここでまた、

「あたし、行かない」

などといったらどんな大騒ぎになるかわからず、ここはおとなしく従うことにした。

石垣いちごを採りにいくといっても、一般人が採らせてもらえるのは、ビニールハウスの中だけであった。でもまあ地べたになっているいちごが採れるという、雰囲気は味わえた。母親と私と弟は、

「あ、ここにも赤くなってる」

といいつつ、いちごを採って、けっこう楽しい時間をすごした。ところが気がついてみると、家にいるときと同じように父親の姿がない。

「また、いないねえ」

といっても、相変わらず母親はそんなことどうでもよい、といったかんじで、カゴにいっぱいになったいちごを、うれしそうにながめていた。

「もう、そろそろ帰らなきゃねえ」

と私たち三人が話していると、遠くで男の人のどなり声がした。何事かと思ってみていると、一人の男を追いかけて農家のおじさんが叫んでいるのだった。そしてそのうす暗くなった闇の中を走ってこっちへむかって逃げてきたのは、誰あろう私の父親であった。私たちはあわてて、ビニールハウスの中に戻り、

「外に出るのは絶対やめようね」

と相談しておとなしくしていた。しばらくすると父親と農家のおじさんが戻ってきた。そのおじさんはエラいけんまくで怒って、母親にまくしたてた。母親はしきりに、

「どうもすみません」

といってペコペコ頭を下げていた。おじさんがいうには、一般の人にはビニールハウスの中のいちごだけ採ってもらうように、パンフレットにも、立て看板にも書いて

あるのに、この人は、うちの大事なとっておきの石垣いちごのある場所にしのびこんで、山ほどつんでいこうとした。まるで泥棒ではないか、というのであった。すると父親は、事前にパンフレットも読んだが、いざビニールハウスでいちごを採ってみてもいまひとつ気分が盛り上がらず、まわりをキョロキョロしてみたら立派ないちごが目についたので、ついフラフラとそこへいってしまったというのである。

「子供みたいなことして!! ホントに情けないわね!!」

母親は髪の毛を逆立ててどなった。私と弟は、なるべくそばに近寄らないようにして、

「私たちは他人です」

という顔をしていた。まわりの人々はこの騒ぎに気がついて、だんだん集まってきてしまった。

「何があったんですか」

ときかれるたんびに、最初からずっと事のなりゆきをみていたおじさんが、

「いやあ、この人がね、勝手に農家のいちごを採っちゃったんですよ」

といちいち説明した。

「へえー、いい年してねえ、いちごなんか採って、めずらしいのかしらねえ」

ヤジ馬が口々にいうのをきいて、私はそこから逃げたくなった。

結局、父親が採った分のいちごのお金を母親が払うことでケリはついたようだった。帰り道が暗い雰囲気になったのはいうまでもない。いつになく母親は、

「もう、晩ごはんはないですからね」

と父親に強くいった。そういわれて父親は、黙ってあらぬ方向をみていた。それから一週間というものは、ずーっと暗かった。母親はいちごをみるたびに思い出すのか、八百屋の店先でおじさんに、

「いちご、安くしとくよ」

と声をかけられても、

「えっ‼　いちご‼　いらない‼」

と強く拒否するので、八百屋のおじさんに恐れられたりしていた。

父親も少しおとなしくなった。いつも仕事机の前にいて、なんとなく仕事をしているようにみせていた。しかし人間に相手にされてないのがわかると、今度は米つぶを庭にまき、ザルと小さな棒をみつけてきて、

「チュン、チュン、スズメちゃん」

などといって一生けんめいスズメをとろうとするのだった。

「スズメとって、どうするの？」

ときくと、

「飼うに決まってるじゃん」

と明るくいう。スズメが全然寄ってこないのがわかると、次はくちぼそその家の中をのぞきこみ、

「わあ、くちぼそ、でかくなったなあ」

とひどくよろこぶのであった。しかしザリガニのほうは共喰《ともぐ》いの一件があってから、のぞくのが恐ろしくなったらしく、竹の棒で遠くから、グリグリと中をさぐっているようであった。そしてしまいにはそれをもてあまし、近所の子供を集めて一匹ずつザリガニをあげてしまったのである。

「ほらみなさい。だからあんなもの、たくさん捕ってくることはないんですよ！」

母親にキツくいわれて、またしょげていたが、ザリガニをもらった子供たちが父親の通るのを見ると、

「あっ、ザリガニのおじちゃんだ」

といって寄ってくると、また態度がでかくなり、

「よし、おじちゃん、またザリガニいっぱい捕ってきてあげる」

と、できもしない約束をしてしまうのだった。

私と父親のつきあいはたかだか二十年であった。ひとことでいえば、無邪気で変な人であった。いつもそのたんびに私と弟はギャッとおどろき、母親はバカにした。そ

してそれは私が二十歳になるまで、毎日毎日、延々とくりかえされたのである。

あっけらかんと、さようなら

私が中学、高校に入るようになると、父親は家にいることが少なくなった。いつものように、あるときはブラッと釣りにいき、あるときは一人で旅行にいったりしているようだった。

「外に女つくってるんじゃないの」

と私が母親にいうと、

「フン、そういう女が、金もっていない男にすり寄っていくわけないじゃないか」

と鼻で笑うのだった。しかし、帰ってくるのが三日に一度、五日に一度、一週間に一度、半月に一度となって、私たちは晩ごはんのとき、

「いったい何やってんだろうねえ」

とお茶漬けを食べながら話しあった。しばらくして父親から電話があって、別にマンションを借りたから、しばらく別居するという。母親はムッとして、

「んまあ、よくそんなお金があったわね。もう一軒マンションを借りるお金があるんだったら、あたし必死にヤリクリする必要なんかなかったわ!!」

と目をつり上げていた。そして、

「私たちがこんなにガマンしているのに、どんなところに住んでるか、あたし見てくるわ」

といって、肩をいからせて鼻息荒く出ていった。

帰ってきてもまだ母親は怒っていた。父親が住んでいたマンションは、私たちが住んでいるところよりもずっときれいで広くて、絶対に許せないというのである。しかし、部屋の中で再び目をつり上げて怒っている母親にむかって、よせばいいのに父親はうれしそうに、

「ほら、すごいだろ。ダスターシュートまでついてる」

と自慢してそこのフタをガパガパ開けたり閉めたりして、よけいに嫌われてしまったらしいのであった。

「もういいわ。あの人はもう家にはいないと思って、私たちだけでしっかと生きていきましょう」

母親はきっぱりと宣言した。私と弟は、今さらはじまったことでもないので、

「ほーい」

と、てきとうに返事をしておいた。

ところがそれからは一週間に一度、きっちりとうちに帰ってくるようになった。黙

ってのそーっとドアを開けて入ってくる。私と弟は内心、

「また来た」

と思いつつも、何ごともなかったような顔をしていた。母親は、

「何か用ですか？」

と冷たくたずねた。そういわれても父親は、

「うー」

とあいまいにうなったりして、テレビの上に置いてある鳥カゴの中のインコのピーコちゃんにむかって、明るく、

「元気だったぁ」

などと話しかけたりしていた。どうやら夕食の時間にあわせて帰ってきたらしく、一人で台所でウロウロしていた。そして座れともいわないのに、しっかり自分のポジションを確保し、おとなしく新聞を読んでいるのであった。母親は、茶碗《ちゃわん》をテーブルに並べながら、

「わかってるでしょうけどね、この子、来年大学受験ですからね」

トゲのある声でいった。しばらく父親は黙っていたが、

「そうか。ずいぶん大きくなったもんだ」

と、また母親の怒りをかうようなトンチンカンな発言をした。私は本当に大学へい

けるのか不安になった。

「また、そんなことといって。あなた親でしょ！　最低限のことはしてやって下さいよ!!」

いつも怒りつつ無関心を装っている母親も、その夜はとても大胆であった。形勢不利とみた父親は、あわててごはんをかきこんで焼き魚をたいらげると、

「そんなことよりね、まず大学に入るのが先決なの。わかる？」

と、煙にまいてスタコラ逃げていった。

「キーッ。調子のいいことといってすぐごまかすんだから」

母親は満身の力と怒りをこめて大根おろしをすった。それを食べたらあまりに辛くて涙が出てきた。そして、

「辛い！」

と文句をいったらそれがまた逆鱗《げきりん》にふれ、

「あんたね、親ばっかりたよらないでよね。大学に入るのが先決だっていうのも、まんざら間違ってないんだからね!!」

今度はこっちに怒りのホコ先が向けられた。私は口の中でモソモソいいながら、カニさん歩きをして去った。

学校の勉強もろくにせず、予備校の夏期講習など行ったことがない私には、大学に

入る自信など皆無だった。なにしろうちの親は、

「勉強しろ」

といったことは一度もなかった。

「勉強のことなんか全くわからない。テストの点が悪くて恥をかくのはお前なんだから、それが嫌だったら勉強すればよろしい。点数が悪くても平気だったら、ほったらかしにしていればよい」

という教育方針であったので、私が物理で赤点をとっても、親たちは、

「彩りがあるのもいいもんだ」

などというのであった。たまに不安になって、

「私、どこの大学を受けたらいいかしら」

ときいても、

「そんなの知らない。なるべく学費が安くて、親がミエはれるとこ行って。東大なんかとってもいいね」

そういって私をいじめるのであった。

私は仕方なく大学案内をみながら候補を絞った。ただでさえテストがいやなのに、大学に入るために八校も九校もテストを受けるなんて、まっぴらごめんだったので、本命と、絶対保証つきの安全パイの二校だけにした。たまたまそのとき父親が来てい

て、ヒマなもんだからそばに寄ってきて、

「どこ受けるんだ」

という。私は、

「第一志望、成城《せいじょう》。すべりどめ、武蔵《むさし》。以上」

と答えた。

「ふーん。金のかかるとこばっか」

とたんに機嫌が悪くなった。成城はともかく、武蔵は当時受験料も安く、学費もそこそこでそんなにお金はかからない、と反論した。するととたんに態度が変わり、

「そうかあ……よし、おまえは武蔵に行け！」

と勝手に指図するのであった。私は全く勉強していなかったせいもあって、まず成城は無理であろうと思っていた。武蔵のほうは、中学、高校は都内有数の名門校として名高かったが、大学のほうは受験生の間では、「武蔵高校付属大学」とよばれていたのであった。試験の問題集をみても、これならまあなんとか入れてもらえるのではないか、という気がしてきた。

そうなれば私は目標にむかってがんばるしかない。私の頭の中には、「目ざせ、すべりどめ武蔵。まぐれで入ろう成城大学」というスローガンが掲げられた。ふつうの親だと、かわいい娘が大学受験とあれば、物音一つにも気をつかい、ハレものにさわ

るような扱いをするのに、うちの場合はその反対。ふだんにもまして、ギャーギャーと騒ぎたてる始末であった。私がめずらしく机にむかっていると、いつやってきたのか、別居中の父親が、ピーコちゃんの鳥カゴをもってきて、

「ほらほら、ピーコちゃんがこんなに喜んで、グリコのポッキーチョコレートを食べる」

といって私にみせにくるのであった。

「わかった、わかった」

私が机の前から目を離さずにいうと、父親はムッとして、

「ホントにおまえはかわいらしくない。ねえ、ピーコちゃん、こんなうるさいおねえちゃんのとこにいるのいやだよね」

と、唯一の味方、ピーコちゃんにそういいながら、部屋を出ていった。しかしそういわれた味方のピーコちゃんは、そっぽをむいてボワーッとあくびをしているのであった。やっと静かになったと思うと、今度は、

「今、ジュリーがテレビに出てるぞ」

と報告しに来る。私は受験がおわるまでは、少しはテレビをみるのも控えようと、自主的に禁欲生活に入ったのである。それを親がかき乱すのであった。

「うるさい、今の私にはジュリーも何もないの！　勉強してんだからあっちいって」

そういうと、

「気合い入ってるねー」

といってどこかへいってしまった。トイレにいくと、台所で親たちがもめていた。母親は、

「あの子があれだけがんばってるんですから。わかってますね！」

と父親ににじり寄っている。片や父親のほうは、「うー」とか「はあ」とかいいながら、あまりこの話題には参加したくないようすであった。

いよいよ、受験生には魔のときがやってきた。寒いなか、私は他の受験生と同じように、高級住宅地である成城の街を歩いて、大学まで行った。まず国語のテストをみて、もう、

「こりゃアカン」

と思った。

「今日はダメだ」

もう最初の十分ですべてを投げ出してしまった。意欲は完璧《かんぺき》にうせたので、何となくまわりを眺めてみた。女の子たちはルイ・ヴィトンをもってきていた。男の子もトレンチコートなんぞをきていた。腕時計なんかキンキラキンだった。布のズダ袋をもち、母親の借り物の時計をもってきた私は、明らかに家庭のランク差を感じてしまっ

たのである。長いテスト時間がおわり、ゾロゾロと校門を出ていくと、次々と車に乗って帰っていく男の子たちがいる。受験に来るのにわざわざ外車に乗ってくるのである。私は、

「ああいう男たちとはおつきあいしたくない」

と思った。女の子たちもヒールのある靴をはいて、パーマをかけていたりして、すでに大学を卒業しているふうにもみえた。

「こういう学校に入ったら、私が不幸だ」

そう思って、合格してもキッパリあきらめるつもりでいたが、その心配はなく、予想どおり学校のほうから入学を拒否された。

そのかわり武蔵のほうは、のんびりしたよい大学であった。受験生も私とほとんど違和感がなく、ホッと安心した。ここは、校門をくぐったときから合格するという自信をもってきたので、テスト中も心は明るく、ウキウキしていた。帰り道、私は足どりも軽く、

「これで完璧だ！」

と満足しきっていた。受験期間中は、私は父親とは会わなかった。母親は、

「電話の一本もよこせばいいのに」

とブリブリ怒っていたが、私はへんに心配されてああだこうだいわれるよりは、放

っておかれたほうが面倒くさくないので、このほうがよかった。

発表の日、私は胸をはって合格者の番号が表示してある掲示板のところにいった。用もないのに、経済学部の合格者の番号をみて、

「フンフン、この人たちが私と一緒に入学する人たちね」

と思っていた。私が受けたのは、人文学部の欧米文化学科であった。余裕をもって、私の受験番号、96番を捜した。

「90、91、92、93、94、95、97、……？」

こんなはずはない。もう一度、一つずつ番号をみていっても、96はなかった。そのうえ90番から99番までの間で落ちたのは、私一人だけであった。目の前が真っ暗になった。自信満々で落ちたショックというのは、ことのほか大きい。まあ、とりあえず家に電話しておかなければいけないだろうと、暗い気分で報告した。母親は、

「あーら、すべりどめ落っこっちゃったの？　あんたおっちょこちょいだから、別のところみてたんじゃないの」

と、まだ一縷《いちる》の望みを抱いているようであった。私が全部ひととおりみたので、そういうことはないはずだ、というと、

「あーら、それじゃダメね」

と、きっぱりあきらめたようであった。

家に帰ると、私が受かったかどうか父親から電話があったということだった。

「ダメだったみたいよっていったら、たったひとこと、ふーんっていっただけなのよね。何考えてんだかねえ」

母親はまたブツブツいっていた。私はどこへも行き場がなくなってしまい、これから受けられる大学というのを捜した。なるべく通うのに楽なところ、楽なところと思って所在地をみていたら、武蔵大学のある町に、日本大学芸術学部があり、そこがまだ願書を受けつけていたのであった。私はそこで何がしたいというわけでもなく、とにかくどこか行き場が欲しいというだけで、願書を出してしまった。ただ何となく試験を受けて、発表をみにいったら、どういうわけか合格してしまっていた。あわてて母親に電話したら、

「えーっ、それは何かのまちがいじゃないのかと思ったりするんだけど……」

という。私もそのような気がしてもう一度番号をみにいったら、やっぱりあった。再び電話した。

「もしかして本当みたい」

「ひえーっ、それは大変だ」

母親はあわてて一方的に電話を切った。私も、これは大変だと思った。やはり合格したとなると、入学金だの授業料だのといろいろお金がかかる。私は子供のころから、

「父親はたよれない」

と思っていたので、やはりこういうまとまったお金が必要なときは一体どうなるのだろうか、と不安になった。

「大丈夫！」

母親はいった。父親と、ちゃんと話はついている、というのであった。

二、三日たって父親がやってきた。母親はニコニコして、

「浪人しないで、そのうえろくに勉強もしないで大学に入れたなんて、この子は本当に運がいい」

と、やたら私の運のよさを強調した。そういわれて父親は、また、「うー」とか「はあ」とかいうだけであった。母親はなんとなく世間話をしながら話を核心に持っていこうと、じわじわと責めていった。そうやっても、父親がお金を出そうとしないので、母親は業を煮やし、

「このあいだいった入学金、どうなってるんですか」

といった。すると父親は、すっと席を立ち、唯一の味方と思っているピーコちゃんのところへいって、

「困ったねえ、ピーコちゃん、どうしよう」

などと相談しているのであった。

「インコに相談したってしょうがないでしょ!!」

母親は大声でどなった。父親はただ部屋の中をウロウロ歩きまわっていた。そのようすをみて、どうも不吉な予感がしたらしい母親は、むんずと父親のウデをつかみ、椅子に座らせた。

「あれだけいっといたでしょ! どうしたの入学金は! えっ!!」

父親は椅子の上にちんまり座っていたが、しばらくしてボソッと、

「ないの」

といった。

「ない? なんでないの!!」

「使っちゃったから」

「使った? 何に使ったの!!」

もう明らかに刑事と犯人という立場になっていた。

「何に使ったか、早くいいなさい!!」

母親は台ブキンをぐっと握りしめて目をつり上げた。

「あのー、カメラのレンズなんです」

父親は小さい声でいった。

「カメラのレンズ? そんなもの買ったの。ふーん、娘が大学に入ったっていうのに

ねえ。気楽でいいわねえ」

母親はあきれかえっていった。

「だって、入ると思わなかったんだもん」

ささやかな反撃をしたものの、それもすぐ、

「だからって、すぐ使うことたあないでしょ!!」

のひとことで闇に葬られてしまった。私は「あらあら」と完全に部外者になって、ことの成りゆきを見ていた。

「どうするんですか！　こんなことになっちゃって」

母親はギャーギャーわめいていたが、ないものを出せといっても、それはどだい無理な話であった。いいたいことをいって母親の怒りも一段落したらしく、もめごとがあると必ず私たち子供に発せられる、

「大丈夫!!　あたしにまかせておきなさい」

で決着がついた。

入学受付のギリギリの日に、私はお金をもって入学手続きをとった。このお金はどこから出てきたのか全然わからなかった。父親はこれで大ミソをつけて、家族からは完全に相手にされなくなった。味方がインコのピーコちゃんだけでは、父親も本家に来づらくなり、別宅のほうにずーっといるようになった。それからは年に二、三度し

か会うことがなかった。うちに父親がいないほうが精神的によかったし、父親のほうも面倒くさい家族がいないほうが、自由にできていいようだった。

そして私が二十歳になったときに、戸籍上、私と父親は無関係な他人になった。最後に家を出ていくとき、父親は、

「ボクが買ったステレオ返してね!!」

と私にいった。

「いいよ、私アルバイトして買うから」

私がそういうと父親は背中を丸めて、コンポーネントステレオの配線を一本ずつはずして、車に積んだ。

「じゃあねえ」

私たちはバイバーイと玄関先で手を振って、あっけらかんと父親と別れたのであった。

解説

沢田康彦（ターザン編集部）

「あ、はい、すみません、もうすぐ出ます。ええ明後日《あさって》にはきっと配本できると思います。ちょっと遅れてるんです。すみません、印刷所にはせっついていますから、はい、もう少しお待ちください、どうもすみません。恐縮です」

群ようこが電話口で恐縮している脇のソファーに寝そべり、ぼくは出がらしのお茶をずうと啜《すす》っていた。

「すみません、ええおっしゃるとおりです。わかりました、以後気をつけます。はぁい。それではどうもぉ」

ガチャッ。群ようこはお詫《わ》びの見本のような応対をしたあと、受話器を置くや、こう言った。

「バカヤロ！　オレのせいじゃねえや！」

ぼくはびっくりして、ソファーからしたっと四つん這《ば》いで跳び下りた。

「猫か、おまえは」

と笑う彼女。

その頃群ようこが働いていた信濃町《しなのまち》の〈本の雑誌社〉には、隔月刊と銘打ちながら年に4冊しか発刊されない『本の雑誌』や、今にも出るような勢いの広告を打っておきながらも絶対に出ない椎名誠の単行本『もだえ苦しむ活字中毒者地獄の味噌蔵』等々に対する書店からの苦情が相次いでおり、彼女は常にその矢面に立たされていたのだ。彼女は日ごと確実に謝り上手になっていった。電話を切ったあとは、必ずこんな風に「バカが！」と御祓《おはら》いをしてバランスを保っていた。

当時の〈本の雑誌社〉は、夕刻新刊本をごそっと抱えて出社する社長以外に、社員は彼女一人だけという超零細出版社で、経理は彼女に、直販の実働はぼくたち数人の学生バイトに委《ゆだ》ねられていた。バイトといっても、ゼロに等しい報酬なのに、わいわいやって来たのは月に一度のタダ酒と、あとは群ようこねえさんとの会話のためだった。

部屋はいつもがちゃがちゃだった。返本と新刊と雑誌の山脈の間々にぼくたちはいた。

「○○君、××書店へ△号□冊」と指示のあるまで、消防署員のように待機していた。そして、クラブの部室と化した狭い部屋の隅の机で、壁の方を向き（面壁5年！）、いつもこりこりと事務を執っていたのが、群ようこであった。

ぼくたちは彼女の傍らで、入れ替わり立ち替わり、寝っころがったり起き上がったりごはんを食べたりして、とりとめのない話をし、とめどなく悠長な時間を過ごしていた。もちろん悠長とは、あくまでぼくらの時間感覚で、群ようこにとってみたら、たまらなく退屈で苛立《いらだ》たしい時間だったろうと思う。

ぼくは重い荷物が嫌いだったし、集金・精算等の計算も苦手だったので、バイトとしてはあまり役立つ方ではなかった。

「おい、沢田君、きみちゃんと配本に出てくれてる？　影薄いよ。飲み会ではやたら目立つんだけど」

と、目黒社長にはよく厭味《いやみ》を言われていたものだが、彼女は、

「大丈夫、いつかあーたにも向いている仕事が見つかるわよ」

と慰めてくれた（あとで仲間から、彼女が「あのトロくさい子」と言ってたよ、と聞いてがっくりきたものだが）。

作家として独立したあとの群ようこについては、彼女の著作に触れる以外ぼくは何も知らない。お互い仕事が忙しくなったし、いやそうでなくても、誘ったってほいほいと簡単に出てくるほど人づき合いのよい女ではないのだ。だから、ぼくの群ようことは、この7年前の「悠長な」日々の記憶の中の（実をいうと、キハラさん、という別の名前でいる）ぼくの話し相手のことだ。

仕事をしている時の群ようこは、真面目な顔をしていた。それを指摘すると、彼女は、

「あたりまえだ」

と言った。

休憩時間の群ようこは、どちらかというとおしゃべりだった。けっこう早口で話すため「あたしは」が「あたしゃ」、「あなた」が「あーた」に聞こえ、オバさんくさいよい味を醸し出していた。オバさん役をやっているときの伊東四朗のような口調が似合った。

「しかし、なんだわねえ」

「そんなこんなでねえ」

「どうしたもんかねえ」

眉《まゆ》をひそめ、背中を丸め、深々とつくタメ息がやたら似合った。

この部屋には、彼女を中心に一万以上もの「やくたいのない話」が巡ったのだ。

悩み相談なんかを持ち込む青年もいたし、他人の悪口を言いに来る者もいたし、ヴァレンタインのチョコレートを男にあげられなかったから一緒に食べようと言う娘もいたし、ただ何も言わずニコニコと坐《すわ》っているだけなんて奴もいたし、ただギャグを聞いてもらいに行く者もいた（これはぼくだけどよ）。

「ねえねえ、あたしゃこないだ〈ぴったん〉でさあ、トイレに立ったら、前に使ってたのが男だったのよね。それと知らずに便器に腰掛けたらお尻《しり》がすっぽりはまっちゃって……何事もないふりして出てきたけどね」

と、群ようこは自分のミスの話もよくした。だが、こうして思い出してみると、彼女の失敗を目撃した記憶がない。これは他人のミスを記憶し、折りごとに指摘するのを趣味とするぼくとしては実に悔しいことだ。

強いていえば、ソーセージの秤《はかり》をレジと勘違いして、ぼーっと並んでいたことくらいだろう。

彼女は、仕事中の出来事も逐一報告してくれた。

「さっき電話取ったら男が思いつめた声でさあ、『あのお、天中殺について聞きたいんですけど……』って言うの。『何番におかけですか』と聞いたら『わっ、間違えてしもた』って、慌てて電話切っちゃった。わはは」

ジジババ・ネタにも強い。

「朝来るとき、よく見るんだけど、ジジババがカップルでね、夫婦じゃないんだけど、何故かいつもつかず離れず一緒にいるのね。今朝見たのは、バアさんがゴミバケツを漁《あさ》ってる傍ら、ジイさんが〝燃えないゴミ〟って立て札の前にへたりこんでて、その上をカラスがカアカア鳴きながら旋回しててねえ、なかなかシュールな光景だったんだよ」

「(声をひそめて) 今帰ってったあたしの友達さあ、男なら誰とでも寝るから、こんにゃく娘って呼ばれてたのよねえ」

この声をひそめて言う話し方なんかも、20代 (当時) とは思えない深い味わいがあった。彼女がひそひそ声で話すときは、だれもが聞き耳をたてたものだ。

「小さい頃、押し入れ開けたら大きな犬が出てきたのよね、あたし泣き出しちゃった。父親がこっそり飼ってたの」

「実家に泥棒が入ったんだけど、うちに何にもなくって、結局盗《と》られたのは『がきデカ』とポッキー・チョコだけなのよね。母親が、情けないって」

本書でも抜群の面白さを放っているのが、こういった豊富な家族ネタだ。全くもって、彼女が抱えている父・母・弟の話は尽きることを知らない (同じ書く仕事をしていて、実に羨《うらや》ましい!)。

そして、何よりウワサ話は立場上、欠かすことがなかった。

「○○君の両親がさ、日頃仲いいんだけど、大喧嘩《おおげんか》したんだって。でお母さんが怒って家を飛びだして、夜になっても帰って来ない。心配した○○君とお父さんが近所の人まで駆りだして大騒ぎで探し回ったら、お母さんこの騒ぎの中、庭の植え込みの中でじっとしゃがみ続けてたんだってさ」

群ようこさんがこんなことを言ってたよ、とバイトのワカエちゃんから電話があった。

「沢田くんって全然オトコって感じしないんだよね。とても精子が泳いでいるとは思えない」って。

(これを妻に言いつけたら、「よおし、特別に許すから、群ようこを孕《はら》ましてこい」ときっぱり言った)

てな具合に、群ようこは次々と「どうでもいいが、とりあえず面白い」話を展開し、ウワサをばらまいてくれるのであった。

彼女とぼくは仲がよかった。仕事面では精彩を欠いていたぼくも、彼女との四方山《よもやま》話は誰よりも多岐にわたった。ポール・ウェラーから、痩身法《そうしんほう》から、腰湯の使い方から、就職相談から、猫の寄生虫の退治法から(猫につく条虫はネコじょうちゅう、芋についたらイモじょうちゅう、なんてクダラナイこと言ってたっけ)、ぼくが朝目覚めるとブリーフの中に50円玉が入っていたがあれはケツから生まれたものかという検討から、近所のジジババやガキどものウワサ話まで、話題は尽きることがなかった。アンデルセンのパリジャン・サンドや、珍萬の五目チャーハンや、学生たちが郷里から持ってくる到来物を賞味し、クリープ入りのネス・カフェを飲みながら、ぼくたちは話した話した。

入れ替わり立ち替わり現れるのは、もちろんぼくたちだけではなかった。椎名誠編集長、沢野ひとし画伯、木村晋介弁護士を始め、フリーライター、印刷屋、税理士、出前持ち等々、あらゆる連中が、次々彼女にものを頼んだり、彼女を怒ったり、なだめたり、すかしたり、からかったりしにやって来た。

沢野ひとしが、一時期、標語・諺《ことわざ》・俳句に凝りだして、事務所の壁にべたべたと毛筆の一文を貼ったり、人にハガキを送りつけたりしていたことがあった。

●うれしい時も悲しい時もじっと手を見て笑いだせ

●名画を描く人は、幕末の頃から立派な人物だった

等々はいまだに傑作として伝えられているが、ぼくは、それに触発されて作った群ようこの、この一作を大評価したい。

●いっといでと猫が股火鉢

（【解説】寒い朝、行きたくないが会社が待っている。いやだなあと思いつつ、戸口から振返ると10年来の飼い猫が股《また》火鉢姿で金玉を温めながら、しっかり働いといでと言っている。冬の朝の独身ＯＬのわびしくもあり、微笑ましくもある情景を詠んだ佳品である）

彼女について書いていると、話はつきない。７年前の記憶で止まっている、とぼくは書いたが、実はたかだかそれだけの年月しか経っていないのだ。群ようこの最近の

著作を読んでも、ちっともあの頃の彼女の印象と変わっていないと思う。

この『無印良女』は、彼女がエッセイを書き出した頃、85年から86年に亘《わた》って連載された、彼女が最も得意とする人物ものである。人を笑わせる明るい語り口も、或《ある》いはネタ自体もあの頃の彼女のままだ。一見気弱そうで実はやたら強情で、ゴーイング・マイ・ウェイで、ドライで、凄《すご》い観察力で、そして何より話し上手で。

「そんなこんなでねえ」という、肩の力を抜いた彼女の書き方が、ぼくは好きだ。

そして、加害者にも被害者にもならない彼女のスタイルを、ぼくは面白いと思う。

彼女は観察者である。彼女はいつも背伸びをせず、等身大のまま、対象を観察する。

彼女のエッセイを安心して読んでいられるのはそこだろうし、どこかにもの足りなさが残るのもそこだろう。彼女は不必要にドラマを作らないから。

彼女が対象に対して必ず保つスタンスが、ぼくにはひどく興味深い。この、一定以上は他人を寄せつけず、また近寄らない独特の距離感は、どこからやってくるのだろう？　あのへんてこりんな両親のせいだろうか？　『毛糸に恋した』（晶文社）と、恋の対象が毛糸だったり、『鞄に本だけつめこんで』（新潮社）と、鞄《かばん》に本しか入れなかったり、『トラちゃん』（日本交通公社）と、愛を注ぎ最大接近できるのは動物止まり、といった各著書のタイトルの閉鎖性は偶然の産物だろうか？　等々と興味は尽きないのだ。だが、それにしても最新刊『アメリカ恥かき一人旅』（本の雑誌社）というタイトルに反した、中身の非アメリカ大陸的、非ロード・ムービー的な閉鎖性は、これはちょっと凄いぞ。彼女はひょっとしたら、内にとてつもないトラウマを抱え込んでいるのではないか、と思わせさえしてしまう。

他人を観察するときの彼女の何という醒《さ》めた視線。あの視線は〈本の雑誌社〉の時代に、突然目黒社長や、ぼくや、学生たちをきっぱり睨《にら》んだりした視線と同じものだ。『別人「群ようこ」のできるまで』（文藝春秋）を、過去の自分をふっきるように一気に書いてのけた明快さと同じものだ。

この7年間で、『本の雑誌』からは幾人かのタレントが生まれた。椎名誠、沢野ひとし、木村晋介、目黒考二が、どたばたと忙しそうに駆け抜けていった。群ようこは、陰で彼らの補佐（尻ぬぐい、かな）をしながら、それをじっと見つめていた。どたばたの男たちの、猛スピードの7年だったから、相当の無理、軋轢《あつれき》、プレッシャーがあったことは、想像に難くない。その多くは、たぶん事務担当の彼女にたっぷりと降りかかったに違いあるまい。週6日、彼女は苦情を始めとする何十種類もの電話を取り続けていた。彼女が壁に向かって、ぷんすか怒っているのを、ぼくは幾度も感じていたものだ。

あれはいつだったか、彼女が『午前零時の玄米パン』を処女出版したお祝いの席で、ぼくときたらいきなり当てられたスピーチに完全に舞い上がって、あらぬことを口ばしっていたけれど、今だったらはっきりと話せます。
群ようこさん、あなたの番です。

一九八七年十二月

本書は一九八六年に小社より刊行された
単行本を文庫化したものです。

無《む》印《じるし》良《りょう》女《ひん》

群《むれ》 ようこ

昭和63年 1月10日　初版発行
平成13年 7月5日　旧版65版発行
令和7年 6月20日　改版8版発行

発行者●山下直久

発行●株式会社KADOKAWA
〒102-8177　東京都千代田区富士見2-13-3
電話　0570-002-301（ナビダイヤル）

角川文庫 18601

印刷所●株式会社KADOKAWA
製本所●株式会社KADOKAWA

表紙画●和田三造

●お問い合わせ
https://www.kadokawa.co.jp/（「お問い合わせ」へお進みください）
※内容によっては、お答えできない場合があります。
※サポートは日本国内のみとさせていただきます。
※Japanese text only

ISBN978-4-04-101695-4　C0195

◆◆◇

角川文庫発刊に際して

角川源義

第二次世界大戦の敗北は、軍事力の敗北であった以上に、私たちの若い文化力の敗退であった。私たちの文化が戦争に対して如何に無力であり、単なるあだ花に過ぎなかったかを、私たちは身を以て体験し痛感した。西洋近代文化の摂取にとって、明治以後八十年の歳月は決して短かすぎたとは言えない。にもかかわらず、近代文化の伝統を確立し、自由な批判と柔軟な良識に富む文化層として自らを形成することに私たちは失敗して来た。そしてこれは、各層への文化の普及滲透を任務とする出版人の責任でもあった。

一九四五年以来、私たちは再び振出しに戻り、第一歩から踏み出すことを余儀なくされた。これは大きな不幸ではあるが、反面、これまでの混沌・未熟・歪曲の中にあった我が国の文化に秩序と確たる基礎を齎らすためには絶好の機会でもある。角川書店は、このような祖国の文化的危機にあたり、微力をも顧みず再建の礎石たるべき抱負と決意とをもって出発したが、ここに創立以来の念願を果すべく角川文庫を発刊する。これまで刊行されたあらゆる全集叢書文庫類の長所と短所とを検討し、古今東西の不朽の典籍を、良心的編集のもとに、廉価に、そして書架にふさわしい美本として、多くのひとびとに提供しようとする。しかし私たちは徒らに百科全書的な知識のジレッタントを作ることを目的とせず、あくまで祖国の文化に秩序と再建への道を示し、この文庫を角川書店の栄ある事業として、今後永久に継続発展せしめ、学芸と教養との殿堂として大成せんことを期したい。多くの読書子の愛情ある忠言と支持とによって、この希望と抱負とを完遂せしめられんことを願う。

一九四九年五月三日

角川文庫ベストセラー

三人暮らし　群ようこ

しあわせな暮らしを求めて、同居することになった女3人。一人暮らしは寂しい、家族がいると厄介。そんな女たちが一軒家を借り、暮らし始めた。さまざまな事情を抱えた女たちが築く、3人の日常を綴る。

欲と収納　群ようこ

欲に流されれば、物あふれる。とかく収納はままならない。母の大量の着物、捨てられないテーブルの脚に、すぐ落下するスポンジ入れ。家の中には「収まらない」ものばかり。整理整頓エッセイ。

怪談人恋坂　赤川次郎

謎の死をとげた姉の葬式の場で、郁子が伝えられたショッキングな事実。その後も郁子のまわりでは次々と殺人が起こって……不穏な事件は血塗られた人恋坂の怨念か。生者と死者の哀しみが人恋坂にこだまする。

記念写真　赤川次郎

荒んだ心を抱えた十六歳の高校生・弓子。彼女が海が見える展望台で出会った、絵に描いたような幸福家族の思いがけない〝秘密〟とは――。表題作を含む十編を収録したオリジナル短編集。

鼠、闇に跳ぶ　赤川次郎

江戸の宵闇、屋根から屋根へ風のように跳ぶ、その名も盗賊・鼠小僧。しかし昼の顔は〈甘酒屋の次郎吉〉と呼ばれる遊び人。小太刀の達人・妹の小袖とともに、江戸の正義を守って大活躍する熱血時代小説。

角川文庫ベストセラー

日本語を書く作法・読む作法　阿刀田　高

「文章の美しさを知らなければ、よい文章への一歩さえ踏めない」。読むことの勧め、朗読の心得、小学校の英語教育について、縦書の効果。日本語にまつわるエッセイのなかに、文章の大原則を軽妙に綴った一冊。

日本語えとせとら　阿刀田　高

もったいないってどういう意味？　「武士の一分」の「一分」って？　古今東西、雑学を交えながら不思議な日本語の来歴や逸話を読み解く、阿刀田流教養書。名文名句を引き、ジョークを交え楽しく学ぶ！

恋する「小倉百人一首」　阿刀田　高

百人一首には、恋の歌と秋の歌が多い。平安時代の歌風を現代に伝え、切々と身に迫る。ただのかるたと思うなかれ。人間関係、花鳥風月、世の不条理と、深い世界を内蔵している。ゆかいに学ぶ、百人一首の極意。

そんなはずない　朝倉かすみ

30歳の誕生日を挟んで、ふたつの大災難に見舞われた鳩子。婚約者に逃げられ、勤め先が破綻。変わりものの妹を介して年下の男と知り合った頃から、探偵にもつきまとわれる。果たして依頼人は？　目的は？

きみが住む星　池澤夏樹　写真／エルンスト・ハース

成層圏の空を見たとき、ぼくはこの星が好きだと思った。ここがきみが住む星だから。他の星にはきみがいない。鮮やかな異国の風景、出逢った愉快な人々、恋人に伝えたい想いを、絵はがきの形で。

角川文庫ベストセラー

角川文庫ベストセラー

残花亭日暦
田辺聖子

96歳の母、車椅子の夫と暮らす多忙な作家の生活日記。仕事と介護を両立させ、旅やお酒を楽しもうとあれこれ工夫する中で、最愛の夫ががんになった。看病、入院そして別れ。人生の悲喜が溢れ出す感動の書。

光源氏ものがたり (上)(中)(下)
田辺聖子

王朝時代、貴族文化の最盛期の元祖プレイボーイ。さまざまな女たちとの恋、出世と没落、嫉妬、物の怪。人生のうつろいを、美しい四季とともに〝田辺ことば〟で語り尽くした、絶好の「源氏物語」入門。

時をかける少女 〈新装版〉
筒井康隆

放課後の実験室、壊れた試験管の液体からただよう甘い香り。このにおいを、わたしは知っている——思春期の少女が体験した不思議な世界と、あまく切ない想いを描く。時をこえて愛され続ける、永遠の物語！

陰悩録 リビドー短篇集
筒井康隆

風呂の排水口に〇〇タマが吸い込まれたら、自慰行為のたびにテレポートしてしまったら、突然家にやってきた弁天さまにセックスを強要されたら。人間の過剰な「性」を描き、爆笑の後にもの哀しさが漂う悲喜劇。

夜を走る トラブル短篇集
筒井康隆

アル中のタクシー運転手が体験する最悪の夜、三ヵ月以上便通のない男の大便の行き先、デモに参加した女子大生を匿う教授の選択……絶体絶命、不条理な状況に壊れていく人間たちの哀しくも笑える物語。

角川文庫ベストセラー

美女のトーキョー偏差値　林　真理子

メイクと自己愛、自暴自棄なお買物、トロフィー・ワイフ、求愛の力関係……「美女入門」から7年を経てますます磨きがかかる、マリコ、華麗なる東京セレブの日々。長く険しい美人道は続く。

RURIKO　林　真理子

昭和19年、4歳で満州の黒幕・甘粕正彦を魅了した信子。天性の美貌をもつ女性は、「浅丘ルリ子」として銀幕に華々しくデビュー。昭和30年代、裕次郎、旭、ひばりら大スターたちのめくるめく恋と青春物語！

男と女とのことは、何があっても不思議はない　林　真理子

「女のさようならは、命がけで言う。それは新しい自分を発見するための意地である」。恋愛、別れ、仕事、ファッション、ダイエット。林真理子作品に刻まれた宝石のような言葉を厳選、フレーズセレクション。

絶対泣かない　山本文緒

あなたの夢はなんですか。仕事に満足してますか、誇りを持っていますか？　専業主婦から看護婦、秘書、エステティシャン。自立と夢を追い求める15の職業の女たちの心の闘いを描いた、元気の出る小説集。

みんないってしまう　山本文緒

恋人が出て行く、母が亡くなる。永久に続くかと思ったものは、みんな過去になった。物事はどんどん流れていく——数々の喪失を越え、人が本当の自分と出会う瞬間を鮮やかにすくいとった珠玉の短篇集。